双葉文庫

口入屋用心棒

春風の太刀

鈴木英治

目次

春風の太刀

口入屋用心棒

第一章

一

懐刀を振りかざす。
そのまま一気に突き通す。
だが、振りあげた腕は枷でもはめられたかのように動かない。
どうしたの、と千勢《ちせ》は自らに問うた。
しかし、腕は動こうとしない。
できない……。
千勢はあきらめ、全身から力を抜いた。
佐之助《さのすけ》は布団に横たわり、熟睡している。
いや、眠りは浅いかもしれない。その証か、寝息は穏やかとはいえない。

千勢が懐刀をおろしたことで、しかめていた表情はやわらいだものになった。

千勢は、佐之助がこの長屋にやってきたときを思いだした。

障子戸が乱暴に叩かれ、誰が来たのかわからないままに、はい、と答えてしまった。どなたでしょう、ときいたときには予感があった。

障子戸を叩いた者はやがて、俺だ、と一言だけ口にした。

それを耳にして、やはり、と千勢の胸は高鳴った。ただ、口をついて出た言葉は、どなたです、という冷たいものだった。

俺だ、と佐之助も意地を張ったようにいった。千勢は心張り棒をはずし、障子戸をかすかにあけた。

その瞬間、佐之助が身をねじこませてきた。とめる間もなかった。

もっとも、千勢にとめる気などなかった。形だけそう見せて、なにをするのです、と声をだしたのみだ。

佐之助は畳に倒れこんだ。顔は血だらけで、着物はずたずただった。全身にひどい傷を負っていた。湯瀬《ゆせ》に知らせてもかまわんぞ、と強がるようにいって、気を失った。

知らせたほうがいいに決まっていたが、千勢にその気はなかった。

佐之助が傷だらけにされたのは、直之進《なおのしん》とやり合ったためだろう。

直之進の無事が佐之助の言葉からわかって、ほっとした。

ただそれだけだった。直之進に関し、それ以上の感慨はなかった。

なんといっても一番大きいのは、ここに佐之助がいるということだ。佐之助は直之進にぼろぼろにされ、逃げこんできたのだ。助けを求めてきた者を、どうして売るような真似ができよう。

いや、そんなのは、いいわけでしかない。

布団を敷き、佐之助を寝かせた。できるだけの手当をしてから、医者を呼んだ。

近所に住む医者で、年寄りだが、腕はいいときいていた。本道が主だが、外科もこなすという話だった。

医者はなにもいわず、てきぱきと手当をした。深い傷も、顔色一つ変えずに縫っていった。

そのあいだも佐之助は目を覚まさなかった。ただ、心で痛みは感じているらしく、顔をしかめ、かすかにうめき声をあげた。

医者はおびただしい傷がすべて刀槍によるものとわかっていただろうが、なにもきいてこなかった。

ただし、代は安くなかった。三両だった。これには、口どめの意味も含まれていたのかもしれない。

千勢は直之進に嫁いだ際、父から与えられた三十両からだした。

その後、医者は二度やってきて、膏薬を塗り直した。抜糸はまだだ。

佐之助が来て、今日で三日目。

一度も目を覚まさない。直之進との戦いがいかにすさまじいものだったのか、このことが物語っている。

そういう状態だから、食事は一度もとっていない。

さすがに水くらい飲ませたほうがいいだろうと、これまで何度か水をしみこませた手ぬぐいを口に持っていっている。佐之助は唇をひらき、すするようにした。

意識がないのに、人というのはこういうことができるのか、と生命の力強さを千勢は感じた。

水を少しでも飲めるようになった以上、死ぬことはないだろう。

そのことには安堵があったが、ときがたつにつれ千勢には迷いが出てきた。

　本当にこの男を殺さずにおいていいのか。殺し屋として沼里《ぬまざと》の中老だった宮田《みやた》彦兵衛《ひこべえ》から仕事を請け負っただけとはいえ、千勢の想い人の藤村円四郎《ふじむらえんしろう》を殺した男なのだ。

　目の前で寝ている男を殺すのは、私のつとめなのではないか。今なら、腰の曲がった老婆を道に転がすよりもたやすい。

　やろう。やってしまおう。

　何度もそんな思いが心をよぎり、さっきも千勢は引き抜いた懐刀を佐之助の心の臓の真上にかざしたのだ。

　力なく首を振り、懐刀を鞘にしまい入れた。懐深くにおさめる。

　佐之助の顔をまじまじと見た。今もこの男がここにいるのが信じられない。

　それとも、町奉行所に知らせるか。この男を町方は追っている。

　町奉行所にとらえさせ、首を刎《は》ねてもらう。そうしてしまえば、これから殺される者もいなくなる。

　それもこれまで何度も考えたことだ。

　だが結局、千勢はなにもできず、こうして佐之助の顔を眺めているだけだった。

つとめ先である料亭の料永《りょうえい》を休み、男の世話をしているという思いは、決して悪いものではなかった。直之進とともに暮らしているときは、こういう感じは一切なかった。

一年ほど一緒にすごしたにすぎないが、直之進が病に倒れるようなことはなかった。風邪すら一度も引いたことはなかったのではあるまいか。

千勢は空腹を感じた。夜が間近に迫ってきている。いつもなら料永に働きに行っている刻限だ。

立ちあがり、自分のために夕餉をつくった。これも、ここ三日のことだ。いつもは料永で賄い食を食べている。

大根の味噌汁に湯豆腐、それに梅干し、たくあんという献立だ。一人で食べる分には、贅沢すぎるほどだろう。

食事を終えると湯屋に行き、すぐに帰ってきた。佐之助が目を覚ましたのでは、という思いがある。

だが、相変わらず佐之助は眠っていた。寝息はさらに穏やかなものになっていた。

夜は江戸の町を包みこんでいる。部屋のなかも行灯をつけないと見づらい。

ただ、もうなにもすることがなく、千勢は佐之助とのあいだに衝立を立て、寝るしかなかった。

佐之助がやってきた晩は寝つけなかったが、ここ二晩はうつらうつらするようになっている。

今日も同じような眠りになりそうだった。


存外に熟睡できた。

これまでとは目覚めがちがった。千勢は起きあがり、身支度をととのえてから静かに衝立をどけた。

はっとする。

佐之助が目をあけていた。

瞳が動き、千勢と目が合った。

どうして、という表情をしている。どうやら声がだせないようだ。どこに自分がいるのか、なぜ自分が布団に横たわっているのか、見当がつかないのだ。体を起こそうとしたが、それができないのもさとったようだ。

千勢はにじり寄った。

瞬きのない目がじっと見ている。おびえの色が見えるかと思ったが、さすがにそんなものはどこを捜してもない。

「殺しはしません」

なにが起きたのか、千勢は説明した。佐之助は疲れたように目を閉じ、じっときいている。

目の前に追い続けていた仇がいるのに、どうしてこんなことをしているのか、話しているうちに千勢のほうが知りたくなってきた。

二

快方に向かっているな。

布団からまだ出られないが、直之進は徐々に快復しつつあるのを感じた。熱が出たり、傷のないはずのところにも鋭い痛みが走ったりして、肉体を酷使しきった激闘だったのを思い知らされた。

口入屋米田《よねだ》屋のあるじ光右衛門《みつえもん》の部屋だが、今は直之進のためにあけてくれている。

天井を見つめた。浮かんでくるのは、佐之助の顔だ。

あれだけの深手を負って、今どこにいるのか。

どこにいるにしても、俺と同じように動けないにちがいない。

──まさか。

直之進はぎゅっと拳を握り締めた。

あの男、千勢のもとに、などということはないだろうか。

考えすぎか。

だが、藤村円四郎の仇として佐之助を狙っているはずなのに、千勢はあの男に心惹かれている様子だ。

その思いを、佐之助もまた感じ取っているのではないか。

佐之助のことだ、隠れ家など江戸中に用意してあるだろう。逃げこむ場所に、困るなどということはまずあるまい。

それでも、という気持ちが直之進にはある。やつは千勢の長屋にもぐりこんだのではないのか。

しかし、もしいるのなら、千勢が連絡してこないなどということがあるのだろうか。いや、その前に自分で佐之助を殺してしまわないだろうか。

わからない。千勢が佐之助を窮鳥として見るかどうか。窮鳥以前に、千勢が本気で惹かれているのなら殺さないかもしれない。

直之進は起きあがろうとした。

体中に痛みが走り、頭を枕に預けるしかなかった。

ふう、と息を吐きだす。誰かに千勢の長屋に行ってもらうか。

いや、佐之助がいるのがわかったからといってどうなるというのだ。今、この体ではどうすることもできない。

それに、佐之助が千勢の長屋にいるなどというのは、馬鹿げた妄想でしかない。佐之助があの傷だらけの体で、千勢の長屋に行くと考えるほうがおかしいのだ。

傷が熱を持っているために、頭も冒されているのだ。

心の波がおさまってきた。

腹が空いているのに気づく。ぐう、と小さく鳴った。

今、何刻なのだろう。もうおきくやおれんは起きている様子で、台所のほうからまな板を叩く音、食器の触れ合う音などが響いてくる。

その響きは、暮らしの確かさを直之進に覚えさせる。光右衛門やおきく、おれんは地に足をつけて江戸で生きている。

俺も同じように生きたい。

廊下を渡る静かな足音がきこえてきた。障子に映った影がひざまずく。

「湯瀬さま。起きていらっしゃいますか」

おきくだ。

「起きている。あけてもらってよいぞ」

失礼します、とおきくが障子の隙間から顔をのぞかせる。

「おはようございます」

おはよう、と直之進は笑顔で返した。

「どうかされましたか」

おきくが小首をかしげる。そんな仕草もとてもかわいい。

「なにがだい」

「いえ、なにかむずかしいお顔をされているように……」

直之進は顔をつるりとなでた。

「腹が空きすぎたかな」

「えっ、そうでしたか」

おきくがあわてる。

「今、お持ちします」

「いや、冗談だ」

「でもすぐにお持ちします」

その前におきくは部屋に入ってきて、手ばやく雨戸をあけた。

さあ、と光が飛びこんできて、明るさに満たされた。西向きの部屋だが、今日は天気がいいようで、木々に当たった陽射しがあたりにはね跳んでいる。

一礼して出ていったおきくが戻ってきた。箱膳を持っている。

「お待たせしました」

布団の横に置く。おきくが直之進のうしろにまわる。

「起こします」

「頼む」

直之進の脇の下に、遠慮がちに腕が差しこまれる。若い娘のいい香りがする。

押し倒したい衝動に駆られるが、不埒な思いは心の外に押しだした。

むろん、今の体では無理なことはわかっており、直之進にはそんな思いを楽しむ余裕めいたものがある。

上体を起こし、箱膳のほうを向いてしまえば、あとはおきくの手を煩わせるようなことはない。箸は自分で持てる。

納豆に油揚げの味噌汁、梅干しにたくあん、という献立だ。喉の奥が、ごくりと鳴った。

「どうぞ、お召しあがりください」

ありがとう、と直之進は箸を動かしはじめた。

どこで買っているのか、米田屋ではとにかく納豆がうまい。油揚げも上質だ。嚙むと大豆の旨みが油とともにじわっと口中を満たし、味噌の辛みと合わさって、飯は進んだ。

もっと食べたかったが、この体に大飯は毒だろうということで、直之進は一膳だけで箸を置いた。

「もうよろしいのですか」

「うん、今のところはこのくらいで十分だ」

おきくが茶をいれてくれた。少し冷めるのを待って、直之進は喫した。

「うまいなあ」

「お酒を召しあがりたいのではないですか」

「具合がよくなったら、駿河の杉泉をまた用意させていただきます」

「杉泉か。楽しみだな。おきくちゃん、また一緒に飲もう」

光右衛門の代わりに口入稼業の外まわりをまかされ、直之進は米田屋にしばらく住みこんでいたことがある。ある晩、おきく、おれんの双子の姉妹が酒を持って直之進の部屋に遊びに来たのだ。二人の話をきけて、直之進はとても楽しかった。

「ああ、飲みたい」

おきくがにこやかに笑う。

「是非、お願いします。横になられますか」

「頼む」

直之進はやわらかな腕に包まれ、静かに横たえられた。さすがにほっとする。

「では、これで失礼いたします」

おきくが箱膳を手にし、出ていった。

障子が閉められ、直之進は再び天井を見つめた。

米田屋に来てすでに四日になるが、おきく、おれんの看病は実に心地よいものだ。ずっとここにいたいとの気持ちを抑えられない。

下の世話のほうは、さすがにおきく、おれんに甘えられず、光右衛門にまかせている。湯瀬さまの一物は意外にご立派ですなあ、などと光右衛門は平気でいう。意外に、というのがどういう意味なのか、ききたかったが、まだ口にしたことはない。

　また廊下を歩いてくる音がした。

「湯瀬さま」

　声をかけてきたのは光右衛門だ。

「米田屋か、入ってくれ」

　襖があき、光右衛門が顔を見せた。

「いかがです、お加減は」

「おかげでだいぶよくなった」

　膝をついたまま進んできた光右衛門がしげしげと顔を見る。

「湯瀬さまは、治りのはやそうなお顔をされていますからねえ。うらやましいですよ。手前は風邪を引いてもひどくなっちまう一方ですし。……歳は取りたくないですねえ」

「だが、顔色はいいぞ」

光右衛門の顔に喜色が差す。

「まことですか」

「ああ、驚くほどだ。――米田屋、これから仕事か」

「ええ。がんばってきますよ」

「相変わらず商売熱心だな」

「これが生業《なりわい》ですから。がんばれなくなったら、おしまいです。ああ、昨夜いいそびれましたけれど、佐之助に関する噂はきかなかったですよ。番所がつかまえたという話はないですねえ」

「そうか」

やはり、やつは千勢のところに逃げこんでいるのではないか。光右衛門に行ってくれるよう頼もうかと思ったが、やめておいた。

「どうされました、お顔が暗いですよ」

「佐之助の名が出たものでな」

「すみませんでした」

では行ってまいります、と光右衛門は出ていった。

その後、直之進はしばらくまどろんでいた。

目が覚めたのは、店のほうから少し甲高い声がきこえてきたからだ。

部屋に入りこむ光の加減から、九つはまわっている感じがした。

「湯瀬さま、お客さまです」

おきくが障子越しに声をかけてくる。

「富士太郎《ふじたろう》さんだな。入ってもらってくれ」

失礼します、と樺山《かばやま》富士太郎がいい、障子があいた。

「直之進さん、起きていらっしゃいましたか」

うれしそうに枕元に正座する。中間の珠吉《たまきち》は一礼してから、敷居際に遠慮がちに膝をそろえた。

「直之進さん、お加減はだいぶよろしいようですね」

「おかげさまでな」

「顔色が昨日よりよくなっています」

「富士太郎さんが毎日、見舞いに来てくれるからかもしれんな」

ぽっと染まった頬に両手を当てる。

「ま、うれしい」

その仕草を目の当たりにして、直之進は背筋がぞっとした。下手なことをいった、と後悔した。珠吉が居心地悪そうに、身じろぎしている。

富士太郎が潤んだ目で見つめている。

できることなら逃げだしたい気分だが、もぞもぞと背中を動かすしかなかった。

「佐之助の手がかりは？」

直之進は話題を変えるようにいった。富士太郎の表情が一瞬で引き締まる。

ほう、と直之進は感心した。やはり富士太郎は南町の定廻り同心として、成長してきている。

「直之進さん、まだなにもつかめていないんですよ」

「そうか」

直之進はいいながら、千勢のことを話そうか、迷った。

「どうしました」

「いや、なんでもない」

結局、話さないことに決めた。千勢のところに佐之助がいるはずがないのだ。

富士太郎がじっと見ている。直之進の心を読み取ろうとする、深い瞳の色をしていた。

「旦那、そろそろ仕事に戻らないと」

うしろから珠吉がいう。

「そうだね」

うなずいたものの、富士太郎が名残惜しげな顔をする。

「直之進さん、また来ますよ」

「うん、また」

やや寂しげな顔で富士太郎が部屋を出た。珠吉があとに続く。

静かに障子が閉じられた。

三

今顔を見たばかりだが、富士太郎は、今日の仕事が終わったら直之進の見舞いに行こうと考えている。

「旦那、なに考えているんです」

うしろから珠吉がきいてきた。

富士太郎は振り返った。

「いや、別に」

珠吉が笑う。

「どうせまた湯瀬さまのことでしょう」

「どうしてわかるんだい」

「やっぱりそうだったんですかい」

「なんだい、鎌をかけたのかい」

「旦那」

珠吉が真剣な顔になる。

「前にもいいましたけれど、湯瀬さまのことはあきらめたほうがいいですよ」

「そうしたほうがいいのは、おいらもわかっちゃいるのさ」

「だったらなぜ」

「だって、直之進さんのそばにいると、幸せなんだもの」

「はあ、そうですかい。なんか、本当におなごが口にするような言葉ですねえ。

――旦那、いつからなんです」

「直之進さんを好きになったことかい」

「いえ、そういう好みになったことです」

珠吉が首をひねる。

「あっしは旦那のこと、生まれたときから知っていますけど、つい最近までそんな好みは知らなかったですからねえ」

「おいらも気づかなかったよ」

「どういうこってす」

「いや、おいらもふつうに女が好きだと思っていたんだよ。でも直之進さんがあらわれたら、目を奪われちゃってさ。最初は自分の気持ちに戸惑ったけれど、どうもそういうことなんだなあ、って最近は認めなきゃならなくなっちゃったんだよ」

「そういうことだったんですかい」

「うん。だからおいらも、こういう気持ちになったのは不思議なんだよ」

「そういえば旦那、前に、おいらは女が好きだよっていってましたものねえ」

「そうだろう」

「旦那、やっぱりあきらめたほうがいいですよ」

「でも珠吉、おいらがそういうふうに変わったんだから、直之進さんもそうなるってことは考えられないことじゃないだろ」

「いやあ、どうですかねえ。湯瀬さまがそういうふうになるとは思えないですよ」

「おいらは気長に待つよ」

「さいですかい」

珠吉があきらめたように息をつく。

「それで旦那、これからどうするんですかい。午前と同じく、佐之助の行方ですか」

「そのつもりだよ」

富士太郎は決意を全身にみなぎらせた。

「どうしてもあの殺し屋をふん縛り、直之進さんの役に立ちたいんだよ」

「気持ちはわかりますよ。でもあの野郎、いったいどこにもぐりこんだんですかね」

「隠れ家だろうねえ。殺し屋って、いくつも隠れ家を用意しているものなんだろ。地道にききこみを続けてゆくしかないね」

しかし、佐之助の手がかりにつながるようなことは一切つかめず、ほとんど日暮れ近くになった。

「珠吉、今日も駄目だったねえ」

「旦那、そんな弱気なことを口にしちゃ駄目ですよ。明日も駄目になっちまいますよ」

「そういうものかね」

「ええ、そういうものですよ。言葉には力がありますから」

「言霊《ことだま》だね」

「ええ、こういうときはいいことをいうと、いいことが起きるといいますよ」

「そうかい。じゃあ、さっそくいってみようかな」

富士太郎は息をととのえた。

「直之進さんとうまくいきますように」

「旦那ぁ」

「ああ、すまなかったね。——明日こそ、佐之助をつかまえられますように」

そんなことをいっているあいだに、夕闇はさらに深くなってきた。道を行きかう者たちの顔が見わけがたくなっている。

「珠吉、帰ろう」

「そうですね」

二人は足ばやに道を進みはじめた。

いきなり、きゃあ、という女の悲鳴が近くでした。

「なんだい、どうしたんだい」

富士太郎はあたりを見まわした。

「誰かっ、ひったくりよ。つかまえて」

「旦那っ」

富士太郎は土を蹴り、声のしたほうに向かって走りだした。珠吉がうしろにつく。

路地を入り、大きな通りに出た。

道端に座りこむようにして、誰か、と叫び続けている女の影が目に飛びこんできた。

「どっちに行ったんだい」

駆けつけた富士太郎がきくと、町方と知った女はあっちです、と指さした。

「なにを取られた」

「風呂敷包みです。お願いです、取り返してください」

女は、老婆といってよかった。おびただしい涙を流しているが、どこにも怪我をしているようには見えない。

「ひったくりは男かい」

「だと思います。若かったように」

「わかった。ここで待っていておくれ」

富士太郎は、夜が潮のように満ちつつある道を再び走りだした。

「どこに行ったのかな」

二町くらいまっすぐ走ったが、ひったくりらしい男は見つからない。

「暗くなってきましたからねえ、むずかしいかもしれませんよ」

それは富士太郎も感じているが、どうしても賊をつかまえたかった。あんなばあさんからひったくるなんて、人のすることじゃないよ。

「旦那、あれ」

路地をさっとのぞきこみながら通りすぎたとき、うしろで珠吉がいった。

「どうかしたかい」

「今の路地、人影が見えたように」

「ほんとかい」

富士太郎は路地の入口に戻った。

五間ほど先の一軒家の塀の下に、うずくまるようにしている影が見える。

「ほんとだね、行ってみよう」

富士太郎は珠吉にささやきかけ、足を踏みだした。

あと一間というところまで来た。

男はこちらに背を向けている。どうやら風呂敷包みをあらためているようだ。

「こいつだよ」

富士太郎は口の形をつくって珠吉にいい、取り押さえようとした。

その一瞬前に男が気づいた。はっとし、うしろを振り返らずに駆けだした。

「待てっ」

いっても詮《せん》ないとわかっていたが、富士太郎は声をだしていた。

男は路地を駆け抜け、右に曲がった。あっという間に姿が遠ざかる。

あの野郎、足がものすごくはやいね。

でも負けるもんか、と富士太郎は思った。自分だって走るのは得手《えて》だ。

富士太郎はじりじりと距離をつめていった。

どのくらい走ったものか、やがて男の息づかいがきこえるほどまで近づいた。

駆けながら男が振り向く。すっかり夜のとばりがおりてきていたが、泡を食った表情ははっきり見えた。

「観念しな」

さすがに息が苦しくなっていて、そう口にするのはこたえる。

男はきこえない顔で足を運び続けている。

手をのばせば肩に届く。もう二尺はない。

「観念しなっていってるんだよ」

富士太郎は右手をのばした。男が見えているかのようにひょいとよけた。

「とまらないと痛い目に遭わせるよ。それでもいいのかい」

男はちらりと振り返っただけだ。

富士太郎は、懐にしまってある十手を取りだした。

「嘘じゃないよ」

いいざま、十手を振りおろした。がつ、と手応えが残る。

ああっ、と男が右肩を押さえて悲鳴をあげる。

「とまりなっ。もう一発、食らいたいかい」

男がようやく立ちどまった。やっとあきらめたかい、と富士太郎は思ったが、すぐに緊張にさらされることになった。

男が懐に腕を差しこんだからだ。抜いたのは匕首だった。

「おまえ、やろうっていうのかい。おいらにそんなことしたら、獄門だよ。今ならまだ考え直せるよ」

「うるせえっ」

男が突っこんできた。わあ、と富士太郎は声をあげたが、腕が勝手に動いていた。

一発目は男の右腕を打ち、二発目は匕首をびしっと飛ばしていた。

男が呆然と立ちすくむ。富士太郎も、自分の腕にびっくりしている。

「観念したかい」

凄みをきかせていった。

男は一瞬、逃げだそうとするそぶりを見せかけたが、ちっと舌打ちするとあきらめたように地面に座りこんだ。

「負けましたよ」

男が汗だくの顔を向けてくる。荒い息づかいだ。それは富士太郎も同じだった。

「珠吉、縄を打ちな」

命じたが、返事がない。珠吉はいなかった。

もう歳だからねえ。富士太郎は自分で男を縛りあげた。

「ほら、立ちな」

男が顔をゆがめる。

「縄がきついな」

「うるさい、贅沢いうんじゃないよ」

ばあさんの風呂敷包みを手に、男を連れて半町ほど歩いたとき、荒い息づかいの人影が近づいてきた。

「珠吉」

富士太郎が認めて呼びかけると、人影ははっと立ちどまった。

「旦那、よかったあ。無事でしたか」

「当たり前だよ」

「面目ねえ。見失っちまったんです。すみません」

「謝ることなんかないよ。大丈夫かい、ずいぶん息が荒いけど」

「ええ、大丈夫です。旦那の顔を見られて、ほっとしました。旦那、お手柄ですね」

「こいつが路地にひそんでいるのを珠吉が見つけてくれたからさ」

富士太郎は中間の顔をじっと見た。

疲れきっている。死んでしまうのではないか、という顔色をしている。

珠吉はじき六十だ。いつまでも無理はさせられない。あと釜をいやでも見つけなければならない。

しかし、富士太郎に心当たりはない。珠吉自身が見つけてきてくれるとありがたいが、この頑固な中間はそんな真似はまずしないだろう。

「どうかしましたかい」

珠吉が怪訝そうにきく。

「いや、なんでもないよ」

富士太郎は縄を珠吉に預け、小田原提灯に火を入れた。

ほら歩きな、と珠吉が縄を引く。頬をわずかにふくらませて、男が歩きだす。

ばあさんは首を長くして待っていた。

「取り返してくれましたか」

「ああ、この通りだよ」

富士太郎は提灯の灯を風呂敷包みに当てた。

「ありがとうございます」

ばあさんはしわ深い顔を喜色で一杯にした。

「中身は無事かい」

「そんな物だって知ってたら、取らなかったよ」

男が毒づく。

「うるさい、おまえは黙ってな」

富士太郎の提灯の下、ばあさんがさっそくあらためる。なかから出てきたのは小箱に入った位牌だ。なるほどね、と富士太郎は思った。男が失望したのも仕方あるまい。

「亭主のか。いつも持ち歩いているのかい」

「ええ、五年前に亡くなったんですよ。この位牌は本当に大事な物ですから」

ばあさんは手で小箱の重さを確かめている。

「無事なようね」

「無事ってなにがだい」

「これですよ」

富士太郎だけに見えるように位牌をだして見せる。ばあさんが位牌の底を指で引っかけると、小さな引出しが出てきた。なかには紙包み。その形からそれがなんであるか、富士太郎にはすぐにわかった。

「小判だね」

「ええ、二十両ばかりあります」

「そんなに。それをいつも持ち歩いているのかい」

ばあさんが引出しをおさめて、うなずく。

「亭主が残してくれたんです。こんなに大切な物、この物騒なご時世、家に置きっぱなしにできないじゃないですか」

四

「お待たせ」

厨房の横にある部屋に控えている女中衆に、追廻《おいまわし》の若者が声をかけた。千勢たちは立ちあがり、箱膳を運びだした。

もう店は終わり、千勢たちは夜食をもらうところだった。いわゆる賄い食だ。追廻をしている何人かの若者が賄い食の担当だ。

今日の主菜は豆腐のあんかけだ。

空腹だったので、千勢はさっそく箸を手にした。

おいしい。あんかけ豆腐は、醬油と少量の酒で味つけしてある。やや濃いめの味がご飯ととても合う。

冷や飯だが、甘みが強く、嚙んでいるとおいしさが増してゆく。

千勢はすっかり満足して、箸を置いた。あと片づけを手伝い、他の女中衆とともに帰路につく。

「疲れたわねえ、登勢《とせ》さん」

登勢というのは、この料亭で千勢がつかっている偽名だ。それは佐之助を捜すためで、もう必要ないものだったが、今さら本名を名乗るわけにもいかず、そのままで通している。

一緒に歩いているのはお真美《まみ》という女で、歳は若いが、酒で喉をやられたような声をしている。

「ええ、本当に」

お真美のいう通りで、千勢にも少し疲れがある。今日は忙しかった。

「じゃあね」

「ええ、また明日」

手をあげて、千勢は音羽町四丁目への道を入った。急ぎ足になる。手にした提灯が激しく揺れる。

長屋の木戸までやってきた。ふう、と息をついた。

不思議なことに、木戸をくぐるときには疲れは消えていた。

路地を進み、自分の店《たな》の戸口で提灯の灯を吹き消した。障子戸をあけ、土間に入った。すぐさま戸を閉める。

暗い。畳にあがり、行灯に火を入れる。部屋はぼう、とした明るさに包まれた。

布団には、朝、出かけたときと変わりなく佐之助が寝ている。目を覚ましていた。

「お帰りか」

かすれた声できく。両隣が紙のように薄っぺらい壁でしかないこともあるのだろうが、実のところはそんな声しかだせないのだ。

千勢は、佐之助がしゃべれるようになったことに安堵した。

小さく咳払いをして枕元に正座し、佐之助をのぞきこんだ。

「顔色はよくなりました」

「どうして殺さなかった」

「さあ、どうしてでしょう」

千勢は懐を押さえた。懐刀がおさまっている。

「殺したほうがよいのはわかっているのですけれど……」

千勢は立ちあがった。

「はやく起きあがれるようになってください。そして、出ていってください」

「今でも起きられるさ」

佐之助が上体を起こそうとする。

顔をゆがめることになった。

「無理はしないほうがいいですよ」

千勢は佐之助を寝床に押し戻した。

一瞬、見つめ合った。視線が絡み合う。

なにもいわず佐之助は横になった。

千勢は少し驚いている。佐之助が軽かったからだ。肉が相当落ちている。

「本当に殺す気はないのか」

「今はありません」

千勢ははっきりと答えた。

「こんな体の人、討ったところで仕方ありませんから」

「今を逃したら、もう二度とこんな機会は訪れんぞ」

その通りなのだろう。

「おなかはどうです」

「空いておらん」

「そんなことはないでしょう。丸四日なにも食べていないのですから」

佐之助が目を大きく見ひらく。

「四日だと」

「そうです。あなたはずっと眠り続けていました」

「あれからそんなにたったのか」

佐之助がじっと見る。

「湯瀬には？」

「知らせていません」

「どうしてだ」

「さあ、どうしてでしょう」

「知らせたところで、やつも俺と同じだろうがな」

そうだったのか、と千勢は胸を衝かれた。こうまで佐之助がずたずたにされた以上、直之進はほぼ無傷なのではないか、と思っていた。

「やつも深手を負っている。俺とやり合って、無事なんてことは決してない」

佐之助が力んでいった。

その力みが佐之助らしかった。千勢は黙ってかまどの前に立った。

土鍋で粥をつくる。

ときはかからずにできあがった。

鍋敷きの上に土鍋を置いた。蓋を取る。ほわっと湯気があがった。

一瞬、佐之助が笑みを浮かべかけたのを、千勢は見逃さなかった。とても穏やかな笑いで、胸がなごんだ。

千勢は黙ってうしろにまわり、佐之助を起きあがらせた。

「すまんな」

佐之助が小さくいう。千勢は、粥をよそった椀と箸を渡した。

「では、いただこう」

佐之助は一口食べた。

それから佐之助の箸はとまらなくなった。

「うまいな。塩梅《あんばい》がいい」

「さようですか」

「うむ、上手だ」

佐之助は、燕のひな鳥のように食べている。

椀があく。千勢はおかわりをよそった。

「晴奈《はるな》さんはどうだったのです」

佐之助がぴくっとして顔をあげた。晴奈というのは、佐之助の幼なじみで想い人だった。十八で病死したという。

「包丁のことか」

「ええ、達者だったのですか」

「達者だった。なにをつくらせてもうまかった。といっても、俺はあまり食べたことはなかったが」

少し寂しそうにいった。

「そうですか」

それから千勢はなにもいわず、佐之助が食べるのをひたすら見守った。

五

いい目覚めだった。

直之進は左右に視線を走らせた。

雨戸が閉まっている側から光はほとんど入ってこないが、廊下に面している障子のほうは明るくなっている。もう六つに近いのではないか。

なんとなく、今日は床を離れられるのでは、という予感がある。寝床で寝返りを打つようにしてみたが、なんの痛みもない。

これならいけそうだ。

直之進は上体を起こした。ここまではこれまでもできた。

ここからだ。

そろそろと布団をはぐ。ずっと寝ていたせいか、足がやや細くなったような気がする。

よし、行くぞ。

直之進は腕に力をこめ、ゆっくりと腰を浮かせた。痛みはない。

これなら平気かな。

左腕一本で体を支え、かがみこむ姿勢を取る。ふう、と息をついた。

直之進は両足に力をこめ、立ちあがった。

やった。胸に喜びがあふれた。

歩いてみた。

大丈夫だ、どこにも痛みはない。

よかった。はじめて歩いたときの覚えなどあるはずもないが、幼心にこういう高ぶりはあったのではないだろうか。

廊下を歩いてくる足音がした。

「湯瀬さま、起きていらっしゃいますか」

直之進はすっと襖をあけた。

きゃっ、とおきくが小さく声をあげた。すぐに頬に笑みをたたえる。

「歩けるように？」

「ああ、おきくちゃんたちのおかげだ」

「私たちはなにもしていません。湯瀬さまが丈夫なんですよ。それに佐之助は、湯瀬さまにたいした傷を与えられなかったんですわ」

どうした、と光右衛門がやってきた。おれんも続いている。

「湯瀬さま、もう歩けるようになられたんですか」

「ああ、ようやくな」

「無理はされていないんですね」

光右衛門は案じてくれた。

「走るのはまだ無理だろうが、ふつうには暮らしていけよう」

光右衛門がほれぼれと見る。

「いや、さすがのご快復ですね。頑丈ですなあ」

おれんも、よかったですね、というようにほほえんでいる。

「でしたら、今宵はご馳走にしましょう」

光右衛門が勢いこんでいう。

「おきく、おれん、湯瀬さまのために腕をふるっておくれ」

「まかせておいて」

おきくが胸を叩くように請け合う。

「湯瀬さま、でしたら、朝餉はあちらで召しあがりますか」

光右衛門が台所横の部屋を指さす。

「ああ、そうしよう」

そろそろと廊下を歩いて、直之進は光右衛門の隣に座った。おれんが箱膳を持ってきてくれる。

「ありがとう」

直之進は頭を下げた。

「どうぞ、お召しあがりください」

今日も納豆が特にうまかった。もしかしたら、この納豆が傷の治りをはやめてくれたのかもしれない。

そんなことを思いながら、直之進は朝餉を終えた。

庭に出て歯を磨いた。口の汚れがすべて洗い流されたようで、とても気持ちよかった。

その後は書見などをして、静養につとめた。

夕刻、富士太郎が珠吉とともにまた見舞いに来てくれた。

「直之進さん、歩けるようになったんですねえ。よかったですぅ」

娘のような仕草で喜ぶ。

直之進は再び背筋に寒けを覚えたが、それを表情にだしはしなかった。珠吉はわかっている顔をしていた。

「すみません、直之進さん」

一転、富士太郎が頭を下げてきた。

「どうした、なにを謝る」

「いえ、昨日も申しあげたんですけど、佐之助の行方がわからないんですよ。一所懸命調べちゃいるんですが、まったくつかめません」

「そのことか。気にすることはないさ」

直之進はなだめた。千勢のことがまたも脳裏をよぎったが、それは心のなかで押し潰した。

「でも、気になりますよ」

「富士太郎さんが見つけられなくても、いずれやつは俺の前に姿をあらわす。そのときこそ、俺は逃がさん」

決意を新たに口にする。

「直之進さん、なんて男らしいんでしょう」

富士太郎が潤んだ瞳になっている。

「富士太郎さん、昨日今日、なにかおもしろい事件はなかったかい」

直之進は話題を変えた。

「それがし、一つ、手柄をあげましたよ」

「ほう、きかせてくれないか」

富士太郎が昨日、ひったくりをとらえたことを告げた。

「やったじゃないか」

直之進は心の底からほめたたえた。それがわかったようで、富士太郎がぽっと頬を染め、うれしいなあ、といった。

「でも湯瀬さま、実はひったくりだけじゃなかったんですよ、その男」

珠吉がつけ加える。

「一年ほど前に人殺しをして逃げていたんですよ。番所に連れていったら、すぐにそれが判明したんです」

「妙だなあ、とは思ったんですよ」

富士太郎が、昨夜のことを脳裏に思い描いている口調で話す。

「ひったくりだけなら、匕首をだしてあらがうような真似はしなくてもいいはずなんです。一応、ひったくりも死罪に決まっているんですけど、ただのひったくりなら今はそこまで重くはないですから。でも役人に刃物を向けたとなれば、まちがいなく獄門です」

「それで、そのひったくりの男にはなにかあるとにらんだ、か。お手柄だなあ、富士太郎さん。すごいよ」

「いえ、すごくはないですよ」

富士太郎が照れたように月代《さかやき》をかいた。首をねじり、うしろに控える珠吉を見る。

「ほかになにかあったっけ」

富士太郎は、まだ直之進のそばにいたいようだ。

「でしたら旦那、坊さん絡みの事件が続いたのはいかがです」

「ああ、そいつはいいね」

富士太郎が直之進に向き直る。

「町方のことではないんですけど、昨日、一人の僧侶が女犯で寺社方につかまりました。直之進さんがご存じかどうか、かなり高名な僧侶です」

妻帯が認められている浄土真宗は例外だが、ほかの宗派はすべて女と交わることが禁じられている。法度を破ると晒しの上、遠島だ。夫のいる者とそういう関係になる姦通は、獄門と決まっている。

「その高僧もおそらく遠島ということになるんでしょうけど」

富士太郎の顔には同情の色が浮かんでいる。

「僧侶で、女とうまくやっているのは珍しくもないんですよ。医者の格好をして吉原に行く者もいるようですし、妾を囲う者も少なくないようですし」

「しかし、そういう者ばかりじゃないんだろう」

「ええ、まじめな僧侶もたくさんいるでしょうし、欲望を修行で抑えこんでいる者も多いんでしょう。今回に限っては、どうも見せしめいたものが感じられるんですよ。あれだけの高僧をつかまえればほかの者たちは震えあがるはず、ということでしょうかね」

「なるほど」

「でも、こういうのはいつもそうなんですけど、喉元すぎれば、なんですよ。しばらくはおとなしくしているかもしれませんが、すぐまた同じことの繰り返しでしょうね」

「旦那、まだありますよ」

うしろから珠吉がいう。

「まだ？　ああ、そうだったね」

富士太郎が咳払いをする。

「これも僧侶絡みなんですが、ちょっとかわいそうな事件なんですよ」

　直之進は興味をそそられた。

「つい三日ほど前のことなんですけど、ある寺の寺男の死骸が近くの畑から出たんです。畑の持ち主の百姓が見つけたんです。殺されてから間もないこともあり、紐で絞め殺されているのがわかりました」

「ちょっといいかい。ききたいことがあるんだ」

　直之進は、話の腰を折るのを承知で口をはさんだ。

「そういう場合、町奉行所と寺社奉行、どちらの扱いに？」

「それについては、上のほうはまじめに相談したんですよ」

「ふむ、それで？」

「結局、両者で一緒にやりましょう、ということになりました」

「そういうことか」

富士太郎が続ける。

「それがしはその探索には加わっていないんです。寺社方と昵懇にしている先輩同心がいて、その者が当たりました。探索の末、その寺男は住職が寺近くの一軒家に囲っていた妾を手ごめにしようとして、妾のもとを訪れた住職に殺されたのが判明しました」

「住職が絞め殺したのか。獄門かい」

「いえ、それが遠島なんです。女犯だけが問われた形ですね」

「じゃあ、最初の高僧と同じなのか」

「そういうことなんです」

富士太郎の声には憤りが感じられる。

「妾を手ごめにしようとしたのは悪いですよ。不届きそのものでしょう。だからといって、遠島では寺男は浮かばれないですよね。だって、まだ十八だったんですよ。住職が囲っているのを知ってむらむらきたのかもしれませんし、もしかしたら、妾のほうが誘ったのかもしれません」

「そのあたりは調べたのかい」

「それがしは手だしはできません。そのうち、調べてやろうという気はあるんですけど」

「本気ですかい」

珠吉が心配そうにきく。

「ああ、本気さ。どうもなにか裏があるような気がしてならないんだ」

「そういえば――」

直之進は思いだした。

「沼里でも僧侶の絡んだ事件があったよ」

「ほう、どのような」

富士太郎が、ここぞとばかりに顔を寄せてくる。直之進はわずかに体をそらした。

「町人の若者に殺された住職がいたんだ」

「どうして住職は殺されたんですか」

「その住職は金を持っていたんだ。その金で、とある町娘を妾にしようとした。その娘は父親が病になり、暮らしに困っていたんだ。娘は住職の寺の檀家だった。住職はその関係から、娘の困窮を知ったんだ」

「その若者は何者なんです」

「娘の許嫁さ」

富士太郎がうなるような声をだす。

「やはり今の坊主は堕落してますよねえ」

「そうかもしれないな。ここまで多いと、そう考えるしかないか」

「直之進さん、またきっと坊主絡みの事件、起きますよ」

富士太郎が怒ったようにいった。

「これはもう断言しておきます」

六

どうりゃあ。

猛烈な気合をこめて、弥五郎《やごろう》が打ちこんでゆく。

吉次《きちじ》が必死にはねあげた。弥五郎が胴に竹刀を持ってゆく。

吉次はそれをなんとか受けとめた。弥五郎は突きを繰りだした。

吉次は首を振ってそれを避けた。必死の形相で竹刀を上段から振りおろした。

弥五郎ががっちりと受けとめる。両者は鍔迫り合いになった。

弥五郎が押され、じりじりと下がる。

遊んでいるな、と琢ノ介《たくのすけ》は思った。弥五郎が吉次に押されるわけがないのだ。

弥五郎は半間ほど下がったあと、不意に右にずれた。竹刀がはずれ、吉次が前によろめく。そこを叩くのはたやすいことだったが、弥五郎は吉次が体勢をととのえるのを待った。

ほう、と琢ノ介は見直した。遊んでいるのではなく、本気で吉次の相手をしているのだ。鍛えてやっている。

あれだけ腕がちがえば、ただ打つだけではおもしろくなかろう。

その後も弥五郎は真剣に吉次の相手をしていた。

もしこの道場からわしが去ったら、と琢ノ介は思った。弥五郎が師範代になるかもしれない。そのくらいの素質は確実にあるだろう。

少なくとも、道場主の中西悦之進《なかにしえつのしん》に推薦してやったほうがいい。

琢ノ介は、門人たちの稽古を見つめた。みんな、一所懸命だ。面を通しても、顔色を変えてやっているのがわかる。

鋭い気合と竹刀が激しく打ち合う響きは、琢ノ介に子供の頃、はじめて道場に入ったときを思い起こさせた。

横から呼ばれ、竹刀をもてあそぶようにしていた琢ノ介は顔を向けた。

「なんだ、正造《しょうぞう》」

「お暇だったら、あっしの相手をしていただけませんか」

正造は今までほかの門人と稽古をしていたはずだ。

「勘吉《かんきち》はどうした」

「疲れたみたいで休んでいます」

こちらに背中を見せて、勘吉は手ぬぐいで顔をふいていた。筋は悪くないが、入って間もないこともあり、稽古を続けるだけの力がまだついていない。

「よかろう」

琢ノ介は門人たちの稽古の邪魔にならないよう、道場のあいているほうに寄った。

「ここでよかろう」

竹刀を向け合う。

正造が気合のこもった目で見ている。

「師範代、遠慮せずにいっていいですか」

「師範代」

「むろんよ」

「師範代も手加減なしでお願いします」

懇願の顔だ。

「わかった。手加減はせん」

いつもは穏やかな男が、こんなに気迫を面にだすなど珍しい。

とうりゃ。正造が打ちこんできた。

ここしばらく琢ノ介は、正造に踏みこみについて教えていた。親指で床を嚙むように、と何度も繰り返した。

今、正造の踏みこみは十日前よりはるかに鋭いものになっていた。

踏みこみの鋭さとともに、打ちこみも前とはくらべものにならないものになっていた。

琢ノ介にははっきり見えているが、おそらく弥五郎以外の門人たちの目にはとまらない打ちこみだ。

手加減するな、ということだから、琢ノ介は逆に踏みこみ、竹刀を思いきり合わせていった。

がしん、と竹刀と思えない音が響き渡り、正造の体が強風を受けた瓦のようにうしろに飛んだ。

正造は必死に踏みとどまろうとしている。琢ノ介は襲いかかり、一気に上段から竹刀を落とした。

正造に竹刀は見えていたようだ。握り締めた竹刀を上にあげ、横に打ち払った。

琢ノ介は胴に振った。正造はかろうじて受けとめた。

そのときにはすでに琢ノ介は正造の左側にまわり、面を打ち抜こうとしていた。

正造はぎょっとしたが、竹刀を持ちあげ、応じようとした。

そこから胴に変化させるなど造作もないことだったが、琢ノ介は思いきり打ちおろした。

小石が弾け飛ぶような音がし、竹刀のしなりで頭を打たれた正造は一瞬、意識が飛んだようだ。竹刀を構えているが、ぼうっとしている。

「どうしたっ、正造」

琢ノ介が気合を入れるようにいうと、はっとして首を振った。

「もう終わりか」

「まだまだ」

正造は闘志満々に瞳を光らせると、竹刀を上段にあげて突っこんできた。

「正造、隙だらけだ」

琢ノ介は小手を打った。あっ、と正造が竹刀を取り落としそうになる。

「正造、おまえ、頭に血がのぼると、どうも隙をつくっちまうなあ。少し息を入れろ」

琢ノ介にいわれ、正造は素直に深い呼吸を繰り返した。

「どうだ、少しは落ち着いたか」

「ええ、おかげさまで」

「よし、来い」

また正造は突進してきたが、今度は首を引いて顎を締め、小手にも隙ができないように留意していた。

その分、脇がよく締まり、打ちこみのはやさもかなりあがった。それでもかわすのは楽なものだったが、琢ノ介はあえて竹刀で受けとめた。

すばやく竹刀を引いた正造は胴、逆胴、面、小手と狙ってきた。

飽くことなく打ちこんでくる。どうしたのだろう。なにがこの男をこんなに燃えさせているのか。

今夜にでもきけるだろうか。いつもの煮売り酒屋に行けば。

正造の息づかいが、さすがに荒くなってきた。

もう気力だけで振り続けている。いつしか手をとめて、ほかの門人たちが見入っていた。

気力を振りしぼって、正造が琢ノ介の面に竹刀を叩きつけてきた。受けとめる前に竹刀は胴に変わった。

おっ。まだこんな味な真似ができるのか。琢ノ介は感心した。

打たれてやってもよかったが、師範代がそんなにたやすく打たれるわけにはいかない。

もっとも、琢ノ介のほうも疲れてきている。やはりこれだけしつこく食らいつかれると、きついものがある。

直之進のやつ、と琢ノ介は思った。佐之助とどのくらい戦い続けたのだろう。くたびれただろうなあ。疲労はこんなものではなかったはずだ。

となると、俺なんてまだまだだよなあ。

どうりゃあ。不意に大声が間近できこえ、琢ノ介はびっくりした。はっとして見ると、竹刀の先が目の前に迫ってきていた。

面をつけていないから、こんな突きをもらったら、ひっくり返ってしばらく目を覚まさないだろう。師範代としてそんな醜態は見せられない。

琢ノ介は間に合わんか、と思いつつ身をかがめ、思いきり首をひねった。耳を風がかすめてゆく。

いや、耳をうしろに持っていかれた。取れちまったんじゃないのか。

目の前にがら空きの胴がある。琢ノ介はなにも考えずに竹刀を振り抜いた。

びしり。正造が、あっと声をだし、へなへなと座りこむ。

「驚かせてくれるな」

琢ノ介は心の底からいった。

「本当ですかい」

「ああ、すごかった」

あれだけの突きはそうできるものではない。琢ノ介が物思いにふけっていたにしても、ふつうの突きなら楽々とよけられたはずなのだ。

琢ノ介は手をのばし、正造を立ちあがらせた。

「さらに精進すれば、かなりいいところまでいけるぞ」

「わしは嘘はいわん」

琢ノ介は耳に触れた。もちろん飛ばされてはいなかったが、かすかに血がにじんでいるようだ。唾をつけた。

「しかし正造、どうしてそんなに力を入れる。おまえ、飾り職人だよな。それもかなり腕がいいときいたが」

煮売り酒屋まで我慢できず、琢ノ介はたずねた。

「弥五郎ですよ」

正造がぽつりと答える。

「幼なじみでしてね、子供の頃から遊びでもなんでもずっと張り合ってきたんですよ。あっしから見てもあいつののびがすごいのがわかるんで、負けたくないんです」

「正造は根がまじめで素直だから、きっともっとのびる」

「弥五郎に勝てるようになりますか」

素質では正直、勝てない。

「精進次第だな。それしかない」

「本当ですかい」

「わかりました。ありがとうございました」

正造は琢ノ介の前を立ち去った。

その後、琢ノ介はほかの門人たちに稽古をつけた。

稽古はその後、半刻ほどで終わった。

「師範代」

手ぬぐいで汗をふきつつ弥五郎が近づいてきた。

「又太郎《またたろう》さん、もういらっしゃらないんですかねえ」

「そんな気楽に呼んでいるが、正体は知っているんだろ。しばしば来られるような身分じゃない」

「そうなんですよねえ。沼里城主になられるお方なんですよねえ」

弥五郎はいまだに信じられないという顔をしている。

「でも、お殿さまは亡くなってはいないんですよねえ。だったら、来られるんじゃないですか」

「そううまくはいかんだろう。一人で遊びに行って、危うい目に遭っているし」

「もう二度と来てはいただけないんですかねえ」

この思いは弥五郎だけのものではない。門人の誰もが又太郎が姿を見せないのを残念がっている。おごってもらえるから、という理由だけではない。

それに弥五郎にとって、又太郎はせがれの命の恩人でもある。せがれが火事で燃えている家に取り残されたとき、又太郎が救ってくれたのだ。

もっとも、又太郎が来ないことで寂しいのは琢ノ介も同じだ。

「師範代、今夜も行きますかい」

弥五郎が手で杯をひねる仕草をする。

「ああ、いいな。しかしおまえたち、よく体がもつなあ」

「それは師範代もでしょうが。――でも稽古のあと飲みに行くと、日頃の疲れも吹き飛びますからねえ」

四半刻後、皆と伊豆見《いずみ》屋で待ち合わせることにした。琢ノ介は庭に出て、水浴びをした。

身なりをととのえ、道場主の中西悦之進の部屋に行く。

悦之進はまたも風邪を引いて寝ている。

「いやあ、このところめっきり体が弱くなってしまいましてね、今では平川《ひらかわ》さんが頼りですよ」

この分なら、師範代の職を失うことはなさそうだ。食いっぱぐれることがないのがはっきりし、琢ノ介はほっとした。

頃合をはかって伊豆見屋に行くと、十名近い門人たちがすでに来ており、座敷で盛りあがっていた。

「師範代、おそいですよ」

「すまんな」

琢ノ介は畳に腰をおろした。刺身や焼き物、煮物などがそろっていた。

「だいぶ前に来たんだな」

「そりゃそうですよ。できるだけはやく飲みたいですからねえ」

その後、皆といつものように馬鹿話をした。大笑いが座敷に満ちる。

「相変わらず楽しそうだな」

響きのいい声がした。見ると、長身の男が土間に立っていた。

「あっ、又太郎どの、いや、又太郎さまじゃないか」

琢ノ介が叫ぶと、皆の視線が集中した。

「うわっ、ほんとだ」

「まちがいないぜ、本物だ」

「はやく座ってくだせえ」

座敷にあがってきた又太郎が笑顔で腰をおろす。

「お一人ですか」

琢ノ介はていねいな言葉できいた。

「いや、そういうわけにはいかぬ」

少し窮屈そうな顔つきで首を振る。

「供を外に待たせてある」

「何人ですかい」

弥五郎がきく。

「八名だ」

「そんなに。さすがですねえ」

「又太郎さま、飲んでも大丈夫ですか」

「むろん。飲まなきゃ、なにしにここに来たかわからん。それと、琢ノ介どの、その妙な言葉づかいはやめてもらえんかな。背中がむずがゆくてかなわん」

「やめろといわれても。又太郎さまが誰かわかった今となっては」

「浪人の又太郎でいい」

「そういうわけにはいかんよ」

又太郎がにっと笑う。

「それだ。その調子でしゃべってほしいな」

「よし、わかった。又太郎さま、いや、又太郎どのがそれでいいのなら」

琢ノ介は又太郎に酒を注いだ。

「それで、お父上は？」

又太郎の表情がわずかに暗くなる。

「亡くなったのか」

「いや、亡くなったらさすがに来られぬ。病は重いが、かろうじてもっている、というところだな。まだ跡継の身分は変わらぬ」

「そういうことか」

琢ノ介は酒で喉を湿した。

「例の場所には行っているのか」

又太郎が苦笑する。

「行けるはずがない」

「例のところってなんです」

弥五郎が横から問う。

「悪所さ」

又太郎がさらりという。

「えっ、又太郎さまってそういうところに行かれてたんですか」

ああ、と又太郎がうなずいた。

「この男が行きたがるんで、一緒にな」

琢ノ介の背中を叩いた。

「えっ、そうなんですかい」

弥五郎だけでなく、門人たちもびっくりしている。

「わしはその、ほら、おまえたちとちがって独り身なんでな……」

「師範代、おごってもらってたんですね」

「あ、ああ」

「いいなあ」

「弥五郎、そのうち一緒に行こう」

又太郎が誘う。

「本当ですかい」

「ああ。女房に許しをもらったら、だが」

弥五郎から笑みが消える。

「それじゃあ一生行けねえ……」

「まあ、あきらめろ」

琢ノ介は弥五郎の肩を叩いてから、又太郎に顔を向けた。

「でも、家督を継ぐのはそんなに遠いことではないのだろう」

「うむ。この春にはじめて沼里に行くことになるのではないかな」

又太郎が酒を飲んだ。琢ノ介は杯を満たした。

「父上から家督を譲られるのはまちがいないからな」

「沼里に行くとなるとだな、一年は確実に会えぬな」

「そういうことだ。寂しいなあ」

又太郎がしみじみいう。

「そんなしんみりとした顔、しなさんな。又太郎どのらしくないぞ」

琢ノ介は励ました。

「そうだな。せっかく来たんだ、せいぜい今を楽しむことにしよう」

ほがらかにいって、又太郎が一気に杯を干した。

七

膳を取りに、千勢は厨房に向かった。

しかし膳はなく、厨房のほうも一休みしている風情だった。

昨夜はとにかく忙しかったが、今夜はそれほどでもないようだ。

「登勢さん、お茶でも飲んでいったら？」

厨房の若者から声をかけられた。

「ありがとう」

千勢は板敷きの上に正座して湯飲みを手にし、静かに茶を喫した。喉が潤されてゆくのがわかり、ほっとする。

「おいしい」

にっこりと笑いかけると、若者も笑みを返してくれた。

「心をこめていれましたから」

「ありがとう」

「登勢さん、相変わらずいい笑顔をしてますねえ」

声の主は料永のあるじの利八《りはち》だった。千勢の隣に腰をおろす。

背筋がぴっとのびていて、もう七十をすぎていると思えるのに、齢を感じさせない。

「ああ、これは旦那さま」

千勢はあわてておお辞儀した。若者も仕事に戻った。

「いえ、そんなにかしこまることはないですよ」

利八は千勢を見つめた。

「最近、いいことでも？」

虚を衝かれた感がある。動揺しかけたが、千勢はなにげなさを装った。

「いえ、別に」

「ふむ、そうですか」

やや顔を近づけてきた。さすがにしわ深さは隠せないが、表情に生気があるというのか、やはりとても若々しい。

「仇は見つかったのですかな」

利八がささやき声でいう。

このあるじには、本当のことを話してある。この店につとめる際、すべてを話したのだ。

料永のなかで、千勢の真実の事情、本名を知っている唯一の人物だ。千勢が今の長屋に入るときも請人になってくれた。

それでも、まさか今、長屋に仇がいるとは口が裂けてもいえない。

迷ったが、千勢はただ首を力なく振った。

「そうですか」

利八が同情の眼差しを向けてくる。

「これからも捜し続けるのですか」

「いえ、捜すつもりはもうありません」

「では、あきらめるのですか」

「あきらめるとか、そういうものではないのです」

利八はどういうことかはかりかねている表情だ。

「やはりなにかあったのではないですか」

「いえ、別に」

新たな膳が出てきて、千勢はどの部屋に持ってゆくのか若者にきいた。失礼します、と利八に頭を下げて部屋を出た。

その後、四つ前に店が終わり、千勢は料永を出た。提灯をつけ、早足で歩く。いつものように仲間たちが途中まで一緒だ。

「ねえ、登勢さん」

お真美が横からいう。

「なにかいいことあったの」

えっ。やはり、顔に出ているのだ。

最後にお真美とわかれて、千勢は長屋に帰った。障子戸をあける。真っ暗だ。佐之助の気配が感じられない。まさか出ていったのでは。すばやく畳にあがり、行灯をつける。

ほっとした。佐之助は布団に包まれて、静かに寝ていた。いてくれた。佐之助がいるのを目にして安堵するなど、どうかしていると思うが、どうしようもない。

「帰ってきたのか」

佐之助が目をひらいた。すっと上体を起こす。

「起きられるのですか」

「むろんよ」

佐之助がにっと笑った。

「この調子なら、すぐに立ちあがれるようになるさ」

すごい。その快復のはやさに、千勢は舌を巻いた。佐之助のいう通り、立ちあがるまでに、さほどときはかからないだろう。自由に動きまわれるときもじきやってくる。

もうすぐ出ていってしまう。

千勢はがっくりとしそうになる気持ちを、なんとか立て直した。

それが当たり前なんだから、と自らにいいきかせる。そう、一刻もはやく出ていってもらわなければならない。いつまでもこうして置いておけないのだから。

「食事をつくります」

かたい口調になったのが自分でもわかった。平静を保ってかまどの前に立つ。

昨夜の粥より、かために飯を炊いた。おかずは、夕方買っておいた豆腐だった。

箱膳をだすと、佐之助はがつがつ食べはじめた。

「おまえさんは食べんのか」

「いただいてきましたから」

佐之助が自分のつくったものを食べているのを見るのは、やはり妙な気分だった。

「湯瀬にこのことを知られたら、どうする。やつに話していないんだろうが」

「ええ」

「どうして伝えん」

千勢はうつむいて畳の目を数えるしかなかった。

「長屋の者は俺のことに気づいているのか」

どうだろうか。

だが、佐之助のために医者を呼んでもいる。そのことから、千勢の店に男がいるのは知っているかもしれない。

失踪した夫を捜しに沼里から江戸に出てきたと、千勢は長屋の者に話している。千勢が人相書に描いた夫は、紛れもなく目の前の佐之助だ。

ついに夫を見つけた、と長屋の者は思っているかもしれないが、なにもいってこないということは、まだ佐之助に気づいていないのかもしれなかった。

「知られたから、どうだというのです」

「居心地が悪くならないか」

「なんとでもいいわけはできます」

「いいわけか。なるほどな」

佐之助はそれきり口を閉ざし、黙って飯を食べ続けた。

八

「だいぶ顔色がよくなったな」

又太郎が笑みをたたえていう。

「このような格好で申しわけございません」

寝巻きのまま、寝床の脇で正座した直之進は恐縮するしかない。

「かまわん。これまでは二度とも、寝たままだったではないか。こうして起きられるようになっただけましよ」

そうなのだ。又太郎はこれまで二度、見舞いに来てくれている。

「しかしよほど頑丈にできていると見える」

「米田屋にもいわれました」

「米田屋は外まわりの最中か」

「そうです。若殿が見えると知っていたら、待っていたでしょうが」

失礼いたします、と障子の向こうから声がかかった。

「入ってくれ」

直之進ではなく又太郎がいった。

障子があく。

「湯瀬、どちらなのか、申すなよ」

又太郎は、顔をのぞかせている娘に真剣な眼差しを注いでいる。

「おきくだな」

じっと見つめてからそっと口にした。

直之進は、残念ながら、といった。

「おれんか」

くすりと笑みを漏らしたおれんが、湯飲みののった盆を手に入ってきた。

「しかし、いつまでたってもわからんな」

又太郎は苦笑している。

「湯瀬、おぬしはいつわかるようになった」

「いつでしょうか。やはり、すぐ、というわけにはまいりませんでした」

「ふむ、本当によく似ておるからな」

どうぞお召しあがりください、とおれんが茶を置く。

「ありがとう。いただこう」

湯飲みを手に取り、口に持ってゆく。

「うまいなあ」

このいい方にやさしさがにじみ出ている。

直之進にとって、又太郎が主君というのはとても晴れがましく誇りに思える
が、反面、じれったさもある。

できれば主従という関係ではなく、友達になりたかった。

今日も、隣の部屋には二名がつめている。路上には六名。又太郎にとっては、
窮屈以外のなにものでもあるまい。

「そうだ。おれん、おきくも呼んでくれるか」

又太郎が思いだしたようにいった。

「承知いたしました」

おれんが立ち、出ていった。すぐにおきくを連れてきた。

「ここに」

二人を自分の前に座らせる。二人はややこわばった表情をしている。

「そのようにかたい顔をせんでくれ。取って食おうというわけではない。しかし、こうして並ぶと本当にきれいだな。目がくらむというのはこういうことを申すのだな」

笑顔の又太郎は懐に手を差し入れ、袱紗包みを取りだした。

「これをもらってくれぬか」

畳の上で袱紗をひらく。出てきたのは、二つの大きな貝だ。

「紅《べに》だ。上屋敷に出入りしている小間物屋が最上の物と申していた。二人には本当に世話になったゆえな」

又太郎がおきく、おれんに世話になったというのは、中老として沼里の政の実権を握っていた宮田彦兵衛の刺客に襲われ、かろうじて危機を脱したとき、直之進と琢ノ介がここに連れてきたことを指す。二人は親身に又太郎の看病をした。

「でも、当然のことをしたまでですから」

おきくが遠慮する。

「いや、その当然のことができぬ者が今の世、多すぎる。俺は心から二人に感謝している。こんな形でしか礼ができぬのは忸怩たる思いがあるが」

「わかりました。いただきます」

二人は笑みを浮かべた。やはり若い娘にとって、紅というのはうれしいのだ。

「気に入ってもらえたようだな」

又太郎がほっとしたようにいった。

「もちろんでございます」

又太郎は直之進に向き直った。

「湯瀬、おぬしにも持ってきてある」

「紅ですか」

「それもおもしろいが、おぬしにはそれらしい物をやろうと思っている」

あぐらをかいている又太郎がわずかに体をずらした。

「これだ」

手にしたのは畳に置いてあった刀だ。

「おぬしのために新たに買い求めたものだ。気に入ってもらえるかどうかわからぬが」

「しかし——」

「湯瀬、おぬしの刀は佐之助との戦いでぼろぼろになってしまったのであろう」

又太郎が、刀架に置いてある刀に視線をぶつけた。

その通りだ。研ぎにだしたところで、もう元通りにはならないほど、刃こぼれしてしまっている。

「湯瀬、受け取れ。これは命だ」

がっちりと握った刀を前に突きだしてきた。

「ありがとうございます」

直之進は一礼して受け取った。

「抜いてみろ」

直之進はいわれた通りにした。

目をみはった。言葉が出ない。

「どうだ、気に入ったか」

「はい、すばらしいものです」

実に力強い刀だ。刀身の長さは二尺五寸ほどか。刀身自体に覇気がみなぎっている。反りがほどよくつき、振ったときのしなやかさが握っているだけではっきりと伝わってくる。切っ先はなめらかに流れ、じっと見ていると吸いこまれるような錯覚におちいる。

「きれい……」

おきくがつぶやく。横でおれんも見とれている。

その言葉をきいて、ほっとしたように又太郎が息をつく。

「湯瀬ほどの遣い手なら、剛刀でなくてはならんだろうとな、つき合いのある武具屋や刀剣屋を上屋敷に呼んで、いろいろ持ってこさせたのだ。そのなかから俺が選んだのがそれだ」

「ご自身で選ばれたのですか。さすがにお目が高い」

又太郎が苦笑する。

「実を申せば、剣に詳しい者を何人も集めて選ばせたのだ。三振りにしぼらせたあと、俺が選んだ。無銘だが、よいものだと思う」

「本当にいただけるのですか」

「むろんよ。そのつもりで持ってきたのだ」

「ありがとうございます」

直之進は深々とこうべを垂れた。

「湯瀬にそこまで喜んでもらって、選んだ甲斐があったというものよ」

直之進は刀を鞘におさめた。いつまでも見ていたいくらいだった。

「それから湯瀬、禄のことだが」

「はっ」

「湯瀬家は三十石だったな。俺を守ってくれた恩に報い、倍増といきたいが、我が沼里も台所は苦しい。そこで、そのまま三十石が給せられることになった」

「まことでございますか」

「ああ。湯瀬、おぬしは沼里に帰る気はないのだな」

「申しわけございません」

「謝ることはない。沼里の家屋敷もそのままだ。いつ帰ってきてもよい。これは、大橋民部《おおはしみんぶ》との協議の末にくだした決定だ」

民部は沼里の国家老だ。筆頭職をつとめている。

「民部さまはどうなされているのですか」

大橋民部は一度、直之進を見舞ってくれている。

「もう国元に戻った。筆頭家老として、いつまでも留守にしているわけにはいかんのでな。——湯瀬」

又太郎が姿勢を正して、呼びかけてきた。

「俺がもし窮地におちいるようなことあらば、また助けてくれい」

「そのようなことがまたあると？」

「大名家だからな。ないと考えるほうに無理があると思わんか」

確かに、と直之進は思った。それでも、この又太郎が実権を握っているあいだはまず大丈夫だろう。

むずかしいのは、そのあとだ。名君のあとというのは、必ずといっていいほどごたごたが起きる。

「承知いたしました」

直之進は顔をあげた。

「俺はじき家督を継ぐ。この参勤交代で沼里に初のお国入りをすることになろう」

「さようですか」

大名が沼里に行ったら、一年ものあいだ江戸には戻れない。

そうか、沼里に行くのか。直之進は寂しくてならない。

「江戸が恋しくなるかな」

又太郎がぽつりといった。

「湯瀬、沼里のことを話してくれんか」

又太郎はこのこともききたくて、米田屋にやってきたのだろう。

直之進はできるだけつまびらかに語った。

まずなんといっても、海が近いこともあって魚がうまい。それと、富士山の雪解け水が町のいたるところにわいており、水がとてもおいしい。気候が穏やかで、冬のあいだの北風は冷たいが、さすがに江戸ほどの寒さはなく、雪は滅多に積もることがない。

それに、富士が間近に見えてとても美しい。気候がいいこともあり、人々は総じて温厚といっていい。

ただし、と直之進はいった。

「おなごは少々きついかと存じます。若殿、このことは是非ともご用心くださ い」

「そうか、きついのか」

又太郎はおきく、おれんに視線を当てた。

「ここにやさしいおなごが二人おるの。連れていきたいものだな」

おきくとおれんは一瞬びっくりしたようだが、すぐに穏やかな笑みを浮かべた。

「湯瀬、一緒に沼里に来るように、説得してくれぬか」

「若殿、それは命でございますか」

「そうだ、命だ」

直之進は頭を下げた。

「お断りいたします」

九

外まわりから帰ってきた光右衛門は、さっそく直之進の部屋に行った。

「えっ、そうなんですか」

驚いた。つい先ほどまで、又太郎が来ていたというのだ。

「そうか。お会いしたかったな」

人なつこい笑顔が心をよぎる。

「若殿もそう申されていた」

「そうですか。またおいでくださいますよね」

「ああ、いらっしゃるだろう。昨夜、琢ノ介や門人たちと久しぶりに飲まれたそうだ」

「楽しかったでしょうねえ」

「ああ、目が生き生きされていた」

「悪所にはいらしたんですかね」

「いや、無理だな」

「そうでしょうね。お父上にお変わりはないんですかね」

「今のところは大丈夫らしいが、この春に若殿は沼里に行かれるそうだ」

「お国入りですか」

「ああ」

両膝の上に置いた手をぎゅっと握り締めて、光右衛門は直之進の顔をじっと見た。

「どうした」

「湯瀬さま、まさかついていかれるんじゃありませんよね」

「心配してくれるのか。俺は江戸に残る」

光右衛門は心から安堵した。

「お見送りには？」

「行こうと思っている」

「手前もご一緒してよろしいですか」

「むろんだ。みんなで行こう」

「ああ、それはいいですねえ」

そのときのことを脳裏に描いて、光右衛門は胸が一杯になった。上屋敷の門がひらき、大名行列が出てくる。やがて大名駕籠が登場する。それには又太郎が乗っているのだ。

「めでたいことはいえ、又太郎さまが沼里に行かれてしまうと、寂しくなりますねえ」

「まったくだ」

知り合う前は、その人の存在自体を知らないからなんとも思わない。それがいったん知り合ってしまうと、ここまで物悲しい気持ちにさせられるのだ。

障子越しにおきくの声がした。

「夕餉ができました」

「湯瀬さま、まいりましょう」

直之進が立ちあがる。

「大丈夫ですか。肩をお貸ししましょうか」

「じゃあ、甘えさせてもらうか」

直之進が光右衛門の肩に手をまわしてきた。そのごつい重みがあたたかく、光右衛門はうれしさがぐっとこみあげてきた。

台所横の部屋に入る。すでに箱膳は並べられていた。

直之進を座らせ、光右衛門も腰をおろした。

「大丈夫ですか」

おきくが直之進に問う。

「ああ。甘えてみたかっただけだ」

おきくが光右衛門にほほえみかける。

「よかったわね。湯瀬さま、本当のお父上のように思ってくださったようよ」

そうだったら本当にうれしいのだが。光右衛門は心中でしみじみとつぶやいた。

今日は鰯の丸干しが主菜だ。わかめの味噌汁に、あとはいつもと同じたくあんや梅干しだ。

おれんが最後にやってきて、光右衛門の前に正座した。

「いただきます」

光右衛門がいって箸を取ると、ほかの三人も声をそろえた。

四人一緒に食事ができる。なんて幸せなんだろう。こんな幸せに恵まれている者が、この広い江戸にどのくらいいようか。

直之進が来てから、おきく、おれんの二人も表情が輝いている。二人とも、直之進に惚れているのはまちがいない。

このまま直之進がどちらかをめとって、本当にいついてくれないものだろうか。

ここのところ、ずっと光右衛門が外まわりをしているが、いくつかの得意先などは、直之進が来ないのを残念がってくれる。

直之進が婿になってくれれば、米田屋は安泰ということだ。

自分はもう若くない。若いつもりでいるが、じき六十だ。

跡を取る者を、本当になんとかしなければならない。

直之進はおきく、おれんのことをどう思っているのだろう。まだご内儀のことを忘れられないのか。

多分、二人が元の鞘におさまることはないだろう、と光右衛門は感じている。

それならば、おきくかおれんを女房にしてもらい、跡を継いでくれないものだろうか。

その場合むずかしいのは、直之進がおきく、おれんのどちらを選ぶか、ということだ。

直之進がどちらを選んだにしろ、どちらかが傷つくことになる。

まあ、いいか。光右衛門は軽く息をついた。そのことは今は考えまい。

夕餉を食べることに専念した。

鰯の丸干しは好物で、苦みが特にうまい。飯とも合う。

すっかり満足して、おれんがいれてくれた茶を光右衛門は飲んだ。直之進も穏やかな表情で、茶を喫している。

この人のおかげで、と思った。得意先もだいぶ増えた。

そのなかで最も大きいのは、なんといっても沼里の上屋敷だ。あんなに大きな得意先が増えることになるとは、これまで商売を続けていて夢にも思わなかった。

大名という上客があるのは、他の得意先に対してもいい宣伝になる。信用がなにしろ増すのだ。

人を入れなければならんな。

このところずっと考えていたことだ。とにかく自分一人ではもう足りない。

誰がいいだろう。直之進が一番いいが、まだこの先どうなるかわからない。

こういうときは、やはり身内がいい。

顔が一つ浮かんできた。甚八《じんぱち》。おきくやおれんの姉であるおあきの夫だ。

五年前、大八車の暴走からおあきを救い、それが縁でおあきと一緒になった博打好きの遊び人だ。

まじめになってくれさえすれば。

だが、それは望めそうにない。今も博打に凝っているのではないか。

光右衛門は残念でならない。娘婿があてにならないなど。

やはり、直之進を引っぱりこむしかないのだろうか。

十

障子戸をあけた。

今日もなかは暗いままだ。千勢は行灯をつけた。

淡い明かりのもと、横になっている佐之助の顔が見えた。目を閉じている。出ていかなかった。心にぽっとあたたかさが灯った。

夜食の支度に取りかかる。

やっぱり、と思った。こうして誰かのためにつくるというのはうれしいものだ。

いつしか佐之助が上体を起こしていた。ただ、今日は千勢が帰ってきてからなにもいわない。じっと黙りこくっている。

どうしたのだろう。なにかあったのだろうか。

食事の支度ができた。たいしたものではない。湯豆腐にわかめのおひたし、漬物、菜っ葉の味噌汁という献立だ。

食事が終わったあと、千勢は佐之助の箱膳を片づけようとした。

はっとした。佐之助が凝視している。その目になんともいえない光がたたえられている。

この目はなんなのか。どこかで見たことがある。

思いだした。直之進と暮らしていたときだ。

腕がのびてきて、千勢は抱きすくめられた。一瞬、なすがままにされてしまおうか、との気持ちが脳裏をよぎったが、すぐ我に返った。

「なにをするのです」

千勢は頬を張った。

佐之助はよけなかった。手は引っこめたが、まだ光る瞳でじっと見ている。

「明日、出ていってください」

千勢は乱れた裾を直した。

「これも持っていってください」

預かっていた物を佐之助に返す。財布や着替えなどだ。

佐之助はなにごともなかったように布団に横になり、目を閉じた。

「どうして明日なんだ。どうして今すぐ、といわなかった」

つぶやきがきこえてきた。

千勢は言葉につまった。

すぐに、すう、すうと穏やかな寝息がきこえはじめた。

千勢は大きく息をついた。佐之助のいう通りだ。どうしていとまを与えてしまったのか。

出ていかれるのが、やはり怖いからか。

そんなこと、あるものですか。

千勢は衝立を立ててから着替えをすませ、布団を敷いた。

横になったが、一睡もできなかった。うつらうつらすらもできなかった。

眠ってしまったら佐之助になにをされるかわからないという思いではなく、抱きすくめられたという思いが、自分を高ぶらせていることに千勢は気づいていた。

夜明けまでひたすら長かった。

ちちち、と雀の鳴き声がしてきて、千勢はほっとした。

夜は明けつつあるようだが、闇の潮は完全に引ききってはいないだろう。東の空がほんのり白んだくらいではないか。

衝立の向こうで、衣擦れの音がした。佐之助が身動きしたのだ。

千勢はきゅっと身を縮めた。こちらに来るのではないか。

来たらどうしよう。受け入れてしまうかもしれない。

佐之助は来なかった。身支度をととのえている様子だ。

本当に出ていってしまうのか。

引きとめようか。

いや、引きとめてどうしようというのか。このまま行かせたほうがいいに決まっている。

でも行かせてしまったら、二度と会えないかもしれない。

不意に静かになった。千勢は耳を澄ませた。

「世話になった」

千勢は起きようかと思ったが、体が動かなかった。

畳を踏むかすかな響きが耳に伝わってきた。

障子戸があく。土間で、外の様子をうかがっているようだ。

とめようか。でも――。

次の瞬間、かすかに風が揺れた。

行ってしまった。

千勢はそっと上体を起こし、衝立の向こうを見た。布団がたたまれている。障子戸は閉じられていた。

千勢が目を覚まさないように気づかったのか、障子戸を静かに閉めていったのだ。

千勢は猛烈な寂しさを感じた。路地に飛び出て、呼び戻したい衝動に駆られた。

その衝動を必死に抑えこむ。

そんなことをしたら、私はいったいどうなってしまうだろう。


さて、どこへ行くか。

重い足を引きずるようにして、佐之助は悩んだ。

ようやく長屋の路地を出た。振り返る。障子戸があく気配はない。

駆け戻りたい気持ちになった。土下座し、ここに置いてくれ、と頼むか。

千勢は許してくれるのではないか。

しかし、そんな真似はできない。

懇願するのなら、もっと前にできた。土間では、外への一歩がなかなか踏みだせなかった。

千勢が目を覚ましていたのは知っている。というより、ほとんど眠っていないだろう。

人けのない音羽町を、佐之助は歩き進んだ。

四半刻ほど、あてもなく歩き続けた。今どこにいるのかわからなかった。

ようやく朝日があがってきた。まぶしい。久しぶりに見る朝日だ。

本当にどこに行くか。

眠けがある。体もだるい。これは傷のせいではない。

昨夜、一睡もできなかったためだ。どこか横になれるところはないだろうか。

家しかないな。

隠れ家の一つだ。とにかく今はこうして歩けるようになった。それだけで喜ぶべきことなのだろう。

誰にも知られていない隠れ家は、池袋村にある。音羽町から歩いて一刻ほどだ。

歩いている最中、思い浮かぶのは千勢のことだった。

あのとき抱き寄せたのはしくじりだったのだろうか。

一瞬、千勢は身をまかせるように思えたのだが、錯覚だっただろうか。

いや、そんなことはあるまい。千勢は俺とそうなることを怖れたにすぎない。

ときをかければ、いつかはきっとこの手に抱ける日がくるだろう。

道が池袋村に入った。多くの百姓が畑に出て働いている。

今、なにがとれるのか、佐之助は知らない。収穫ではなく、種まきをしているのかもしれない。

一軒の家の前に立った。深い林の前に建っている。

この林は逃げ場として重要なものだ。もし捕り手にこの家を囲まれたとき、林に飛びこんでしまえばなんとかなるという気持ちが佐之助にはある。

戸口に立ち、なかの気配をうかがった。

静かなものだ。捕り手がひそんでいるような気配はない。

誰もいない。

そう断じて、佐之助は財布から鍵を取りだし、戸につけてある錠に差した。戸をあける。

暗い。当然だ、ずっと雨戸を閉めきっていた。かび臭さが鼻をつく。

雨戸をあけ、心地よい風を入れた。家自体、生き返ったように見えた。

再び雨戸を閉め、暗さのなか、押入れから布団をだした。

畳のない部屋に敷くと、湿気とともにかびのにおいが布団から浮いてきたが、気にせず横になった。

一眠りのつもりだった。目を閉じる。

脳裏に描きだされたのは、またも千勢の顔だった。

なにか物音をきいたような気がして、目が覚めた。

なんだ、今のは。

佐之助は頭のほうに手をのばしたが、なにも触れなかった。

枕元に刀も用意せずに横になってしまった。あまりの迂闊さに、自らを殴りつけたくなる。

刀はどこだったか。確か、戸口近くの瓶のところだ。

もう夜が忍び寄ってきているようで、部屋のなかは締めきったための暗さではなかった。

佐之助はすばやく起きあがった。傷口がひきつるような痛みがあったが、気にしていられない。

足音を立てることなく瓶に走り寄り、刀を手にした。鯉口を切り、腰を低くして外の気配をうかがう。

人がいるような感じはない。さっきの物音はなんだったのか。

林のほうで木々が揺れる音がしている。どうやら風が強くなってきているようだ。枝が雨戸を打った音かもしれなかった。

それでも油断せず、動かずにいた。

ようやく緊張を解いたのは、同じ音をきいたときだ。やはり、のびた枝が雨戸を打ったのだ。

腹が減っている。いや、それよりも酒を飲みたい。

このあたりで酒を飲ませるところがあるか。

池袋村といえばずいぶん田舎だ。こういうところに来るのは、酒の行商だけだ。近所の百姓にいえば譲ってもらえるかもしれないが、そこまではしたくない。

匕首を懐にのみ、小田原提灯に火を入れて家を出た。

佐之助は、すっかり夜の腕に包まれきっている道を辰巳《たつみ》の方角に進んだ。あたりには人けはない。

やがて寺が増えてきた。雑司ヶ谷町が近づいてきたのだ。

目についた煮売り酒屋の暖簾を払い、あまり客のない薄暗い座敷にあがりこんで、酒を頼んだ。やってきた酒は、あまりうまくなかった。

味になど、はなから期待はない。こんなものだろう、とちろりを一つあけただけで、煮売り酒屋を出た。

女を抱きたかった。

寺が多いから、この町にもそれなりに女郎宿はあるだろう。

結局、捜し当てた女郎宿は下高田村にあった。御府内八十八ヶ所の十五番目である南蔵院のすぐ北だ。

富裕な農家が女郎宿を営んでいるのか、やたらに広い家だ。

案内されて一室に落ち着く。

やってきた女郎に酒を勧められたが、やはりうまくなかった。

色が黒く、このあたりの百姓の女房が野良仕事のかたわらに女郎をやっているようにしか思えなかった。

それでも女に変わりはない。ぐいと引き寄せ、布団に押し倒す。

「あらまあ、気のはやいお客さんだねえ」

黒い顔をほころばせ、女がうれしそうな声をあげる。

しかし、佐之助は抱けなかった。

「あらま、どうされました、お客さん」

女郎に股間を探られ、佐之助は目を見ひらいた。

「なんだ、役に立たないんですか」

怒りの炎が燃えあがった。殺すぞ。

佐之助の形相を目の当たりにして、女が喉の奥から声をだした。

そんなのもうっとうしく、佐之助は女に背を向けた。

くそっ。女郎などでは駄目だ。

第二章

一

予期した以上だ。

うまくいきすぎている、と甚八は思った。

自分に、これだけの商才があるとは思っていなかった。目のつけどころがよかったというべきかもしれないが、やはりここまでうまくいくとは思わなかった。

うまくいったおかげで、金も入ってくるようになった。

金が懐にいつもあるというのは、いい。とてもいい。なにより心がぎすぎすしない。

こうして家にいるときは、金がないせいで常にいらいらしていた。どうやって金を手に入れて賭場に行くか、それだけを考えていた。

今は、賭場に行こうなんて気にならない。あんなところに行って、大事な金をつかってしまうやつの気が知れない。

以前、賭場に通っていたのは金を増やすためだった。実際に儲かったことなどほとんどなかったが、いつか大勝ちし、まとめて貸しを返してもらうつもりでいた。

しかし、こうして金ができて冷静に眺めてみると、そんなことができるはずがないのがはっきりとわかる。

賭場というのは、胴元だけが儲かる仕組になっているのだ。

「ねえ、あんた、今夜も出かけるの？」

縁側に座りこみ茶の入った湯飲みを手に、なんとなく空を見ていたら、いつの間にかそばに来ていたおあきがきいてきた。

「うん、出かけるつもりだ」

甚八は穏やかな笑みを浮かべて答えた。金があるために、女房にもやさしくできる。

「どこに行くの」

甚八はにっと笑った。

「そいつは駄目だ」

「私にもいえないの？」

「そういうふうにいわれるとつらいが、そのうち話すよ」

おあきは、このところの甚八の機嫌のよさが不思議でならないようだ。

「ねえ、悪いこと、してるんじゃないの？」

甚八はかぶりを振った。

「おまえに心配させるようなことは、してないよ。安心しな」

「でも……」

甚八はおあきを抱き寄せた。いい香りを存分に嗅ぐ。その気になったが、そばに祥吉《しょうきち》がいる。

「祥吉、なにしてんだ」

祥吉が振り向く。おあきに似て、つぶらな瞳だ。黒目がくっきりと澄んでいる。

「人形だよ」

二つの小さな人形をかざしてみせる。

祥吉は女の子のような遊びが好きだ。この子には、自分に似ないやさしさがあるのだろう。

甚八はおあきを放し、立ちあがった。

祥吉を抱きあげる。頰ずりをした。

「父ちゃん、ひげが痛いよ」

「そうか、すまねえな」

そんな父子をおあきが目を細めて見ている。

祥吉をだっこしたまま、座りこんだ。祥吉はまだ遊び足りないようで、甚八の膝の上で人形遊びを再びはじめた。

足にかかる重みが幸せだった。前ならしくしく痛んだ右足も、すっかりよくなったようだ。

ああ、金があるっていうのはいいことだなあ。

舅の光右衛門にねだりに行かずにいいし、しかめっ面も見ずにすむ。

これだけ儲かるのなら、光右衛門からこれまでもらった金、すべてを返せるだろう。

むろん、返す気など心のどこを捜してもないが。

「祥吉、腹、空かねえか」

祥吉が見あげる。

「うん、空いた」

「おい、おあき、きいたか」

「はい、支度します」

おあきが笑って立ちあがる。

台所からまな板を叩く音がきこえてきた。

「今、母ちゃんがつくってくれるからな、もう少しの辛抱だぜ」

「うん、わかってるよ」

父親の機嫌がいいせいで、祥吉の機嫌もいい。

やっぱり一家の主たる者、機嫌よくどっしりと構えてなくちゃいけねえんだなあ。

四半刻を少しまわったくらいで、おあきに呼ばれた。

「祥吉、できたようだぜ」

立ちあがろうとしたが、甚八は足が動かなかった。怪我をした右足ではなく、左足がひどくしびれていた。

「父ちゃん、どうしたの」

「足がしびれちまった」

「大丈夫？」

手をのばすと、祥吉、ちょっと頼む」

「大丈夫さ。祥吉、ちょっと頼む」


手をのばすと、祥吉が力をこめて引っぱってくれた。甚八はしびれを我慢して、畳の上に立った。

「ありがとうよ」

二人で台所横の部屋に行った。甚八の家は、四つも部屋がある上に日当たりがいい。これまでは光右衛門の金で借りているようなものだったが、今では自分で払っている。

いずれ買い取れるだけの金ができるのではないだろうか。そのときが楽しみだった。

食事を終え、茶を飲んでしばらくくつろいでいたが、いつしか夜のとばりがおりてきているのに気づいた。

茶を飲みほして、甚八は立ちあがった。

「出かけるの？」

「ああ、行ってくる」

「ねえ、本当にどこに行くの。賭場？」

「賭場なんかもう縁を切ったよ。わかってるだろ」

「ええ。飲みに行くの？」

酒か、と思った。最近は、飲みにも行っていない。飲む気が起きないのだ。今は大事な時期だ。酒に走るわけにはいかない。

「いや」

「まさか？」

おあきの目に、疑いの色がかすかに浮かんでいる。

「馬鹿をいうな。俺はおまえ一筋だよ」

甚八は笑い飛ばした。

「こんなにきれいな女房がいるのに、浮気する馬鹿なんていやしねえ。おあき、信じてくれ。俺は悪いことはしちゃいねえ」

二

寂しくてならない。出るのはため息ばかりだ。

千勢は、まさかこんな気分になるなど、思いもしなかった。気持ちがうつろだ。料永で仕事をしていても、集中できない。客に佐之助の姿を捜してしまう。

これではいけないと思うが、どうすることもできない。

いや、駄目だ。こんなのは私らしくない。しゃんとしなければ。

大きく息を吐き、胸のなかのもやもやをだしてから厨房に入る。

「梅の間に頼みます」

追廻の若者にいわれ、千勢は三つの膳を重ねて持ちあげた。

廊下を行く。今日は客の入りがよく、忙しい。忙しいほうが気が紛れてありがたい。

梅の間に着き、三つの膳を廊下にまず置いた。

「お待たせいたしました」

障子越しに声をかける。

「おう、待ってたよ」

行灯の淡い光に満たされた座敷に、客は三人。千勢は一礼してなかに入り、膳を順々に置いていった。

はっとする。やせている客を見つめて、体がかたくなった。

「どうかしたかい、登勢さん」

なじみの客にいわれて千勢は我に返った。

「まさかこの男に一目惚れしちまったんじゃあるまいな」

「登勢さんて、旦那を捜しているんだよな。そんな人が、ほかの男に気を移しちゃ駄目じゃないか」

「それとも、この男が旦那に似ているのかい」

千勢はあらためて客の顔を見た。

どうして似ていると思ったのか。佐之助とは似ても似つかない。

「この女中さん、ずいぶんきれいな人だけど、わけありなのかい」

客がなじみの二人にきく。

「ああ、そういうことさ。登勢さん、人相書は持っているのかい」

「ええ、はい」

千勢は懐に手を入れ、取りだした。もう必要としていないのだが、習慣でいつも持ち歩いている。

「はあ、この人が旦那さん」

客がしげしげと見ている。

人相書に描かれた顔を見て、千勢の胸は寂しさでまたも一杯になった。

「あれ、登勢さん、どうした。泣きそうな顔、しているよ」

「いえ、なんでもありません」

人相書を返してもらい、じっと目を落としてから、懐にしまい入れた。

「旦那は見つかったのかい」

やせた客がきく。

答えられない。

「まだだよ、だからこんなに悲しそうな顔、してるんじゃないか」

なじみの客が割って入る。

「見つかりそうかい」

これにも千勢は答えられない。

「まあ、焦らず気長に捜すことだね」

「ありがとうございます」

千勢は逃げるように座敷を出た。

厨房に向かう。どうしよう。こんな気持ちでずっとすごさなければならないのか。

店は忙しかったが、千勢にはずいぶんと長く感じられた。まるで昨夜のようだ。

ようやく仕事が終わり、ほっとする。

あまり空腹を感じてはいなかったが、賄いの食事をもらい、腹を満たしてから料永の外に出る。お疲れさまでした、との声が飛びかう。

外は風が強くなっていた。風にあまり冷たさはなく、春が近いことを思わせるやわらかさがある。

「ねえ、登勢さん、どうしたの」

帰路、お真美にきかれた。

「なにって」

「今日の登勢さん、おかしかったから」

ぎくりとしたが、顔にはださない。

「好きな人でもできたんじゃないの」

「逆じゃないの。袖にされたんじゃないの」

同じ方向に帰る別の女がいう。

たわいもない軽口にすぎないが、その言葉は胸に突き刺さる。

佐之助を追いだしたのは、しくじりだっただろうか。

それとも、介抱などせず、あのまま殺してしまうべきだったのか。

そのほうがすっきりしてよかっただろうか。

最後にお真美とわかれ、千勢はくたくたになって道を歩いた。眠くてならない。

ここまでひどい眠気なら、なにも考えずに眠ることができるだろう。今はそのことがありがたかった。

長屋の木戸をくぐり、路地を通って自分の店の前に立つ。

明かりは灯っていない。それは佐之助がいたときもそうだった。

戸をあけるのがいやだった。一人になったのを認めたくない。

千勢は、今、なにか物音をきいたような気がした。

まさか佐之助が戻ってきているのでは。胸が高鳴る。

でも、もしそこにいたらどうなる。私はあの男に……。

戸をあけるのをためらった。

しかしあけないわけにはいかない。

手に力をこめ、戸をあける。土間に入り、うしろ手に戸を閉める。

誰もいない。当然だった。拒み、追いだした女のところに帰ってくるはずはないのだ。

千勢は明かりもつけずに布団を敷いた。横たわる。

はっとした。じゃあさっきの物音はなに。

その理由に気づいて、千勢はため息をつくしかなかった。

風に飛ばされた枝かなにかが、雨戸に当たったにすぎないようだ。

三

よく寝た。

すっきりとしたいい目覚めだ。

直之進は布団をはだけ、一気に起きあがった。そんなことをしても、どこにも痛みは走らない。

よし、これならいいぞ。

直之進は部屋の隅にあぐらをかき、そこに置かれている風呂敷包みをほどいた。

出てきたのは着物だ。佐之助との戦いのときに着ていたものだ。ぼろぼろだったが、おれんが繕ってくれている。

直之進はさっそく身につけた。つぎはぎだらけで、佐之助との戦いがいかにすさまじかったかを思い知らされた。

それにしても、おれんの裁縫の腕はすばらしい。あのずたずたにされた着物を、ここまでしあげてしまうとは。

帯を締め、刀架に歩み寄る。大小が置かれている。刀は又太郎からもらったものだ。

直之進は両刀を帯にねじこんだ。わずかに重く感じられ、体がふらつき加減になったが、逆に一本芯が通った気がする。

自分が侍であるのを今一度確かめることができたというのか、しっくりしたものがある。

こうして刀を帯びると、呼吸が楽だ。どうしてなのかはわからない。あるべき姿に戻ったということなのか。

つまり、俺は米田屋の婿になることはないのか。

しかし、外まわりの楽しさも格別だ。あれも自分の真の姿だとまちがいなくいえる。

時刻はまだ六つになっていないだろう。七つ半くらいか。家のなかはしんとしている。まだ誰も起きだしていない。

静かにやらなければな。

直之進は雨戸を音の出ないようにあけ、裏庭に出た。

わずかに明るくなってきている。二間ほど先の木塀が影となって見えている。涼しい風が吹き、庭に立つ木々の枝をやわらかく揺らしていた。

裏庭だけにあまり広くはない。だが、刀を振るのには十分だ。木塀にさえぎられ、まだほとんど通る人のない道から直之進を隠してくれる。

直之進は腰を沈め、すらりと刀を抜いた。

ため息が出る。やはりすばらしい出来だ。この暗さのなかでも、魂を持っているかのように光を帯びている。

ほれぼれと見てしまう。じっと見ていると、肌が粟立つというのか、血が騒ぐような感じを抑えられなくなる。

やはり俺は、と直之進は思った。侍なのだな。

刀を振れる。わくわくしてきた。

はやる気持ちを抑えて、刀を正眼に構えて軽く振りおろしてみた。

ひゅん。いい音がした。これまできいてきたものとちがう風切り音だ。

これは刀のせいか。

なにがちがうのか。

もう一度振っていた。

どういう音と形容すればいいのだろう。大気を裂くのはこれまでつかっていた刀と変わらない。

しかしなにかがちがう。そうか、と気づいた。大気を裂く鋭さだ。

これまでの刀も出来はかなりよかったが、今手にしているものとくらべたら、鉈《なた》に近いものがあるのではないか。

無銘だが、いったいどんな刀工の手にかかったのだろう。

刀は新しくはない。戦国の頃とはいわないが、まだ戦というものがそんなに遠いことではなかった時代につくられたものだろう。

実戦のためにつくられた刀であるのはまちがいない。傷一つないところから、戦につかわれたことはないのかもしれない。

名のある刀工に、名のある武者が注文してつくらせたのだろうか。いったいどんな武者だったのか。

俺はそれに恥じない侍だろうか。

直之進は試しに思いきり振ってみた。

すばらしい感触だ。すぱりと大気を切る感じがある。目に見えない幕が真っ二つになるのがはっきりとつかめる。

直之進は刀を見つめた。

がっしりとした幅広の刀身なのに、重みを感じさせない。

そのためか、力を入れて振ったのにどこにも痛みはない。

この刀なら、佐之助とやり合っても大丈夫だろう。

もう一度、しっかり正眼に構え直す。

剣尖の先に佐之助の顔が見えている。討てなかったことに、やはり悔いが残る。

今、どこにいるのか。やはり千勢のところだろうか。

乗りこんでいってみようか。

いや、そんな真似はできぬ。

いずれにしろ、やつが姿を消したままというのは考えにくい。

決着をつけに必ず姿をあらわす。

そのときのために。

直之進は一心に刀を振り続けた。


おきく、おれんがつくってくれた心のこもった朝食のあと、直之進は出かける旨を光右衛門に伝えた。

「どこに行かれるんです」

「長屋さ。ずっと帰っていないからな」

同じ町内だから近いが、大丈夫ですか、と光右衛門やおきくたちは案じてくれた。

大丈夫さ、と力強く返して、直之進は外に出た。

佐之助との対決以来、はじめての外出だ。心が弾む。

朝日がまぶしかった。まともに顔をあげていられない。考えてみれば、朝日をまともに見たのはいつ以来だろう。

それに、春が近づいてきて、陽射しは確実に明るくなっている。

光右衛門に告げた通り、まず長屋に向かう。歩くのも平気だ。どこかがひきつるようなこともない。

長屋に着いた。木戸をくぐる。路地には女房衆がいて、井戸端で洗濯をしていた。

「あれ、湯瀬の旦那じゃないの」

「あれ、本当だ」

「どうしてたの」

「どこに行ってたの」

口々にいって近づいてきた。

「ずっと米田屋に世話になっていたんだ」

「あら、そう。用心棒？」

「ああ、そんなようなものだ」

「でも湯瀬の旦那、少しやせたみたいよ」

「そうかな」

「ちゃんと食べさせてもらってたの」

「あそこの姉妹は、包丁が実に達者だ」

「そうなの。米田屋さんの姉妹といったら、双子でしょ。美人よねえ」

女房たちがおかしそうに目配せをかわす。

「湯瀬の旦那、どっちかとできちゃったんじゃないの。やせたのはそのせいじゃないの」

「馬鹿を申すな」

「もしかしたら、どっちかじゃないかもしれないわよ」

「えっ、じゃあ両方」

「湯瀬の旦那、男前だから、娘のほうで放っておかないわよ」

「そうよねえ、あたしだって同じ家に湯瀬の旦那がいたら、変になっちゃうわよ」

「あんたじゃ、湯瀬の旦那、相手にしないでしょうけど」

「あたしなら大丈夫よね。ねえ、湯瀬の旦那」

「いや、まあ、その話はあとだ」

直之進は女房たちの壁を通り抜け、自分の店の前にたどりついた。障子をがたぴしさせてあける。

しばらく不在にしていたら、たてつけが悪くなったような気がする。

部屋は埃がたまっていた。半刻ほどかけて、掃除をした。

それから長屋を出て、しばらく町をぶらついた。

なつかしかった。米田屋で静養につとめたのはせいぜい五日ほどでしかなかったが、町の風景には胸にくるものがあった。

なにもせずにぶらぶらしていると、腹が空いてきた。

腹ごしらえをしなければ。

どこがいいか。

ゆったりと風に揺れている大きめの暖簾を払う。

「いらっしゃい」

元気のいい声だ。

「湯瀬さま、いらっしゃいませ」

一膳飯屋の正田《しょうだ》屋のあるじの浦兵衛《うらべえ》だ。厨房から声をかけてきた。

「久しぶりですねえ」

「本当だな」

「お体のほうはもう？」

浦兵衛は光右衛門と幼なじみということもあり、だいたいの事情を知っている。

「ああ、この通りだ」

「なににしますか」

座敷に座りこんだ直之進のもとに注文を取りに来たのは、小女のお多実《たみ》だ。

「お多実ちゃん、元気そうだな」

「湯瀬さまも」

「なにがお勧めだい」

お多実の勧める烏賊の刺身にした。それと飯としじみの味噌汁にたくあん。

烏賊は身がこりこりしていて、実に甘かった。生姜醬油と合い、一度飯の上にのせてから食べるとため息が出そうなほど美味だった。

生姜醬油がしみた飯もうまく、しじみの味噌汁を口に含むと、生姜の辛みが絡んできて、これもうまかった。

結局、三杯の飯を食べて、直之進は正田屋を出た。

すっかり満腹になった。やはりうまい物は人を幸せにしてくれる。

歩き続けるうちに、だいぶ体がもとに戻ってきているのがわかった。日もだいぶ傾いてきた。

あまり無理をしても仕方ない。今日はこのくらいにして、米田屋に引きあげる気になった。

ほんの三間ほど進んだところで、直之進は足をとめた。

目の前に佐之助があらわれたからだ。

佐之助は丸腰だ。どこか痛々しい感じがにじみ出ている。傷の抜糸もまだのようだ。

「湯瀬、おぬしの歩み、まるで年寄りのようだな」

そうか、と直之進は思った。自分も似たり寄ったりなのだ。

「ずいぶんいい刀を帯びているな。どうした、それは」

直之進は黙っていた。名をだしたからといって、もう又太郎を狙うこともないだろうが、この男に話す必要はない。

「若殿からもらったらしいな。相当の名刀だな」

うらやましそうな口調だ。

「くれんか」

「俺を倒して取ることだな」

直之進がいい放つと、佐之助はかすかに鼻白んだ。

「いってくれるな」

今ここで斬るか、と本気で直之進は思った。しかし、佐之助の逃げ足のはやさはわかっている。斬りかかったところでどうせ無駄だろう。

その気持ちを見抜いたか、佐之助がにやりと笑った。

「いいことを教えてやろう。あとで知るより、俺の口から知っておいたほうがいいだろうからな」

「ずいぶん思わせぶりないい方だな」

きこえなかったように佐之助が語る。

「なんだと」

やはりそうだったか。しかし信じがたい。

「じゃあな」

佐之助は薄笑いを残してきびすを返した。直之進は、消えてゆく姿を見送るしかなかった。

問いつめなければ。

直之進は千勢の長屋に向かった。この刻限なら、まだいるだろう。

長屋の木戸をくぐり、路地に入る。千勢の店の前に立ち、障子戸を叩く。

意外にはやく障子戸があいた。

佐之助が嘘をいっていなかったのを、直之進は知った。千勢は出ていった佐之助の帰りを待ちわびているのだ。

そのことを裏づけるように、直之進の顔を見て、千勢の顔に浮かんだのは落胆だった。

「ああ、あなたさま」

「入れてくれるか」

「どうぞ」

直之進は畳の上に正座した。千勢が茶をいれようとする。

「千勢、座ってくれ」

「でも――」

「いいから」

千勢が不審そうに目の前に正座する。

「どうして俺に知らせなかった」

「なんのことです」

直之進は静かに告げた。

一瞬、千勢の顔から血の気が引いたが、すぐに立ち直った。

「あなたさまは怪我が治っておらず、仮に私が知らせたところでなにもできなかったでしょうから」

「本当にやつはここにいたのだな」

「はい、おりました」

千勢はきっぱりいい放った。

「それならば、なぜ町方に知らせなかった。町方が佐之助を追っていたことは知っていただろう」

千勢は答えない。

「やつを野放しにしていいのか。やつは俺を狙っているぞ」

「申しわけございません」

千勢はこうべを垂れた。ひらき直った態度にも見える。

佐之助に惚れている。それは疑いようがない。

どうしてこんなことになったのか。千勢は想い人だった藤村円四郎を殺した仇を追って沼里を出たのに。佐之助は円四郎を斬った張本人なのに。

「佐之助の行方を知っているのか」

直之進は辛抱強くたずねた。

「いえ」

直之進は千勢をじっと見た。どうやら、嘘はいっていない。

いずれ佐之助が千勢につなぎを取るのはまちがいないだろう。佐之助も千勢に惚れているからだ。

そのとき、千勢の目の前で佐之助を斬り殺すしかない。

千勢の目を覚ますのには、それしか手立てはあるまい。

四

上段から打ちこまれた。

琢ノ介は一瞬、竹刀を見失った。まずい、と思ったが、それはこれまでの修練がものをいい、腕が勝手に動いて、弥五郎の竹刀を弾き返した。

冷や汗をかくのが稽古するたびに増えてゆくな。

琢ノ介は竹刀を正眼に構えた。弥五郎も同じ構えをして、息を入れている。

「師範代、汗、かいてますよ」

「ああ、おまえは強いよ」

「本当ですかい」

「ああ、心からの言葉だ」

面のなかの目がちらりと動く。

「でも、まだ余裕があるみたいですね」

「そりゃそうだ。強くはなったが、まだわしにははるかに及ばん」

「はるかに、ですかい」

「ああ、はるかにだ」

弥五郎が厳しい眼差しを浴びせてくる。

「それじゃあ、そんな言葉、もういえないようにしてあげますよ」

「よし、来い」

弥五郎が気合もかけずに突っこんできた。

またも上段から振りおろしてくる。素直な面狙いで、琢ノ介は軽々と打ち返した。

胴を狙ってきた。これはかなりはやい。琢ノ介はこれも弾いた。

逆胴を見舞われた。琢ノ介はがっちりと受けた。弥五郎は下段から竹刀を振りあげた。

琢ノ介はすっとうしろに下がってよけたが、弥五郎がそれに乗じて突進してきた。突きを繰りだしてくる。

琢ノ介はさらに後退することで、かわしきれると判断し、実際にその通りにした。

しかし竹刀はぐん、とひとのびし、琢ノ介の喉に食らいつきそうになった。おっ。琢ノ介はまたも冷や汗をかいた。だがよけきれないほどではない。深い踏みこみに加え、右腕一本での突きだ。

そこまで見えていたから、避けるのにさして苦労はなかった。

しまった、という弥五郎の顔が面のなかに見えた。

悪いな、打たせてもらうぞ。

心で語りかけて、琢ノ介はがら空きの胴を打ち抜いた。

びしっと鋭い音が道場内に響き、どすん、と弥五郎が床板の上に座りこんだ。

「ああ、やられちまった」

拳を床板に叩きつける。

「片手での突きか。工夫したな」

「踏みこみのほうにかなり工夫を加えたんですけどね」

「そうだろうな。勇気を持って踏みこまんと、突きは決まらんものな」

弥五郎が立ちあがり、面を取った。さばさばした顔をしている。

「師範代、次はきっと決めさせてもらいますよ」

「おう、待ってるよ」

いいながら、琢ノ介はやはりこの男、すばらしい才があるなあ、と思った。

「弥五郎、おまえ、直之進とやりたくはないか」

「湯瀬さんですかい。やりたいですね」

これだけの才だ、直之進と立ち合うことで見えてくるものもあるだろう。

「わしから頼んでみよう」

「是非ともお願いします」

「ただ、やつも病みあがりみたいなものだからな、しばらく待ってもらうことになるかもしれん」

「病みあがり？　病気だったんですかい」

弥五郎たち門人は、直之進が佐之助と死闘を演じたことは知らない。

「怪我をしていたんだ」

「重い怪我ではなかったんですね」

「まあな」

直之進はどのくらい快復したのだろう。仮に怪我が治りきっていなくても、弥五郎におくれを取ることなどまず考えられないが、それでも佐之助という化け物と戦ったあとだ。無理はさせられない。

今どうしているのか、琢ノ介は顔を見たくなった。酒はまだ無理だろうか。

稽古が終わり、琢ノ介は米田屋に行こうという気持ちになっていた。

「師範代、今日はどうします」

弥五郎たちにきかれた。当然、今夜も琢ノ介は来てくれるだろうという顔をしている。断るのも悪い気がして、ああ、行こうといってしまった。

四半刻後にいつもの伊豆見屋に集まった。

酒が入り、さっそく馬鹿話がはじまった。

伊豆見屋に来ている十名ほどは、全員が女房持ちで、どの女房が最も不細工か、という話になった。

「そりゃもう随一は、正造の女房ですよ。おかめそのものですもの」

吉次が声高にいう。

「なにいってやがる」

すぐさま正造が反撃する。

「おめえの女房なんて、猪みたいじゃねえか。お伊代《いよ》という名をお猪《いの》、に変えたほうがいいんじゃねえのか」

「二人の女房もかなりの不細工だが――」

弥五郎がみんなを見渡す。

「多喜蔵《たきぞう》の女房だってかなりのもんだぜ」

「俺のか。そんなにひでえかな」

「ひでえだろ。あれじゃあ、いくらなんでも目が細すぎらあ。いつも会うたび、起きてますかってききたくなっちまうもんなあ」

「それだったら、弥五郎の女房だって口がでかいじゃねえか。湯飲みをいっぺんに五つはほおばれるぜ」

「そんなに入れられねえよ。せいぜい三つさ」

いつもの馬鹿話だから、喧嘩になるようなことはない。みんな、余裕の顔で笑って酒を飲んでいる。

ふと弥五郎が琢ノ介のほうを向いた。

「師範代はどうだったんです」

「どうってなにが」

「ご内儀ですよ。美人だったんですかい」

「わしのか」

琢ノ介はむずかしい顔で酒を口に含んだ。ごくりと飲みほす。

「まだそいつは待ってくれ」

「いいにくいんですかい」

「そういうことだ」

「それなら仕方ないですね。お待ちします」

「すまんな」

琢ノ介は、さっき挨拶してきたばかりの中西悦之進のことを思いだした。謎といえばあの男も謎だ。

「おまえたち、ご内儀の秋穂《あきほ》どののことも合わせて、道場主のことには詳しいのか」

「いえ、そんなには知らないんですよ」

弥五郎が答える。

「中西さま自身、腕はよくないっておっしゃってますしねえ」

「それならどうして中西道場を選んだんだ」

「教え方がとてもていねいなんですよ。それに中西さま、やさしいんです」

正造が思いだすような口調でいった。

「正造のいう通りですよ」

吉次が深くうなずく。

「近所にある道場ということもありましたけれど、その評判で町人が集まったんです。あっしもその一人でした」

そうなんですよ、と弥五郎が同意する。

「厳しい指導はほとんどないって評判でしたね。あっしは逆にそれが不満で、入門しなかったんですけど」

「でも結局は入門したな」

「みんながやってて、うらやましくなっちまったものですから。今は師範代がいて、びしびし鍛えてくれるんで、入ってよかったと思ってますよ」

「道場主がどういう出なのか、それくらいは知っているのか」

「旗本では、というのがもっぱらの噂ですけどね」

「ご内儀もか」

「ええ」

「それがどうして町道場をやっているんだ」

「さあ、誰も知らないんですよ」

弥五郎が酒をひと飲みにし、杯を大盆の上に置いた。

「なんでもいいじゃないですか、師範代。みんな、なにかわけありなんですよ。師範代もそうなんでしょ」

五

長屋にいても佐之助のことを考えるだけなので、千勢ははやめに湯屋に行き、料永に向かった。

まだ七つ前で、やや長くなってきた日は傾いているとはいえ、あたりは十分すぎるほど明るい。

昨日やってきた直之進を思いだす。怒っていた。当然だ。

しかし、それ以上のことはいわなかった。怒っても仕方がないのがわかると、途端に冷静になるところがあの人にはある。

どうしてもっといわないの、と苛立たしさを覚えるほどだ。いわないことがやさしさと思っているところがあるようだが、それは正しいとはいえないのに。

あの様子では、町奉行所にも届けていないだろう。親しくしている樺山という町廻り同心にも知らせていないはずだ。

料永に着いた。大提灯はすでに軒先につるされているが、火は入れられていない。どこか虚ろな感じがある。今の自分と同じだ。

「登勢さん、もう来たの」

裏口から入った千勢を迎えてくれたのは、一人の子供だった。せまい庭で鞠つきをしていたようだ。

「ああ、お咲希《さき》ちゃん」

鞠を投げ捨てるようにして、抱きついてきた。千勢は軽々と持ちあげた。

「うわあ、高い」

無邪気に喜んでいる。歳は八つだが、体が小さくて、細い。まだ五つくらいの女の子の感じしかない。

料永の主人利八の孫だが、なぜかなついてくれる。

「登勢さん、ずいぶん会えなかったね。寂しかったよ」

「私もよ」

「なにしてたの」

千勢はお咲希を地面におろした。

「ごめんなさいね。いろいろあったの」

「いろいろって？」

千勢は困った。なんていおう。

「病気？」

「いいえ、困った人を助けていたの」

「困った人ってどんな人」

「怪我をしていたの」

「怪我？　ひどかったの？」

「うん、かなりね」

「もう治ったの？」

「そう、治ったの」

「よかったね」

にっこりと笑ってくれた。

「うん、本当によかった」

千勢はうれしくて笑い返した。

「ねえ登勢さん、その人は誰なの」

どきりとした。

「男の人？」

千勢はつまった。

「そうよ」

あっ、という顔をお咲希はした。

「もしかして捜してた人？　登勢さん、旦那さんを捜してるってきいたよ」

このあたりはさすがに八歳だ。耳に入っているのだ。

「旦那さんじゃないの」

「じゃあ、誰」

ますます困った。いくら子供とはいえ、正直に答えるわけにはいかない。

「お咲希、そこまでにしておきなさい」

助け船のように声をかけてくれたのは、主人の利八だった。

千勢はほっとして利八を見た。ただ、今の会話をどこまできかれていたのか、そのことは気になった。

「登勢さん、すまんね。この子は、どうしてどうして、とばかりきいてくるんだよ」

「いえ、いいんです。お咲希ちゃん、とてもかわいいですから」

「登勢さんも、こんな子がほしいかな」

「ええ、ほしいです」

それはきっぱりといった。それをきいて、お咲希がうれしそうに見あげてきた。

黒々とした瞳、つやつやとした頬、つんと高い鼻。これで成長してもっと肉がつけば、きっときれいな娘になるだろう。料永の看板娘といったところか。

これまでも千勢はやめに店に出てきては、お咲希と一緒に本を読んだり、書を教えたりしていた。

それだけでなく、生け花の手本を見せてあげたりした。そのことを、お咲希はとても喜んでくれた。

「よし、お咲希、もういいだろう。登勢さんはこれからお仕事だ」

「ええー、もう」

少しだだをこねたが、ききわけはよく、お咲希は自分の部屋に引きあげていった。

「登勢さん、もう少し話しませんか」

利八が穏やかな笑みを浮かべていった。

「はい、喜んで」

この言葉に嘘はない。利八といると、どうしてか心が洗われるような気持ちになるのだ。

利八の部屋の濡縁に並んで腰かけた。

「お咲希の両親について、話しましたかな」

「いえ」

そうなのだ。お咲希には両親がいない。

そのことはこの店に入ってお咲希と遊ぶようになってしばらくして、わかった。お咲希の両親がどうしたのか噂として入ってきたが、詳しいことは知らなかった。

「お話ししましょう」

「よろしいんですか」

「ええ、別にかまいませんよ。隠すようなことではありませんから」

利八が口をひらく。

「なにしろあっという間のことでしたよ」

千勢は、なにがあっという間だったのか、ききたかったが、黙って待った。

「七年前です。はやり病で二人とも逝ってしまいました」

「そうだったのですか」

それ以上の言葉が出ない。

「七年前、江戸では多くの人が亡くなったんです。風邪に似た感じで、最初は咳、次に熱が出て、それが三日目くらいであっけなく死んでしまうんです。毎日、どこかで葬儀が行われているような状態でしたが、それでも手前たち一家は元気だったんです」

利八が唇を嚙み締めていう。

「それが一転、生まれたばかりのお咲希が咳をしだし、熱も出ました。まずい、と思ったのですが、お咲希は持ち直しました。よかった、と胸をなでおろしたのもつかの間、今度は娘のほうが咳をしはじめ、次いで婿も。二人は三日後、相次いで逝ってしまいましたよ。お咲希が生まれてまだ三月《みつき》ほどしかたっていませんでした」

どんなに悲しかっただろう、と千勢は思った。最愛の人をいきなりあの世に持っていかれるというのは。

はっとする。最愛の人。私にとっては藤村円四郎その人ではなかったか。

円四郎を殺したのは、佐之助だ。憎むべきはあの男。

しかしどんなにそう思おうとしても、千勢には無理だった。

今、どこにいるのだろう。暮れゆく空を眺めた。

暗くなりつつある空を横切って、鳥が二羽、並んで飛んでゆく。あれは夫婦だろうか。死ぬときは一緒と決めているのだろうか。

私は、と思った。夫とはそういうふうになれなかった。この世に、私とそういう縁《えにし》を持つ者はいるのだろうか。

最初は円四郎だと思っていた。直之進との婚姻が決まったときは、この人なのだろう、と自分にいいきかせた。

私の相手は佐之助だろうか。まさか。

「どうしました」

横からいわれて、千勢はぴくりと体を震わせた。

「いえ、なんでもありません」

「千勢さんは……」

利八が本名で呼んだ。

「寂しげな眼差しが手前の娘に似ているんですよ。今もそうでした」

「そうですか。……娘さんはなんという名だったんです」

「お和花《わか》ですよ」

どんな字を当てるのかも教えてくれた。

「きれいな名ですね。旦那さまがおつけになったのですか」

「そうです。一所懸命に考えました。お咲希が花が好きなのは、娘の影響でしょう。お咲希は母親のことは、なにも覚えていないでしょうが」

利八が力なく息をつく。

「今生きていれば、娘は三十六です。お咲希はお和花が二十八のときに生まれたんです。手前にとってようやくできた孫でした」

あのとき、と言葉を継いだ。

「お咲希が死なずにすんで、本当によかったと思いますよ。もし一人残されていたら、手前は生きる気力をなくしていたでしょうからね」

六

甚八のことが心配でならない。

おあきは夫の胸ぐらをつかんで、ききだしたいくらいだ。

しかしそんなことをしても、甚八はしゃべらないだろう。これまでだって、何度きいてもまともに答えてくれないのだ。

悪いことはしていない、というが、なにかよからぬことをしているのでは、という疑いは消えない。

夫婦なのだから夫の言葉を素直に信じてやるべきだろうが、今の金まわりのよさは、なにかうしろ暗いことをしているとしか思えない。

このところ甚八の機嫌はとてもよく、祥吉にもおあきにもやさしい。

おあきの実家の米田屋にも金の無心に行かない。おあき自身、気恥ずかしさや身の置きどころに困ることがなくなってうれしいのだが、それでもこの甚八の変わりようは見すごしにはできない。

なにかしでかしているのを目の当たりにしたくはないが、甚八が深みにはまる前に引き戻さないと、という思いもある。

よし、今日こそは、とおあきは決意を胸に刻みつけた。

「おあき、祥吉」

満足げに夕餉を食べて、甚八が立ちあがる。

「行ってくるぜ」

こういう仕草にも自信めいたものが見えて、おあきにはまぶしくさえ感じられるほどなのだが、やはり放ってはおけない。

夕闇が深まってきたなか、ぶら提灯を手に風を切って歩きだした夫を見送ったおあきは、祥吉を呼んだ。

「ちょっといらっしゃい」

「えっ、なに」

人形を手に祥吉は近づいてきた。おあきは祥吉に下駄を履かせた。

「出かけるの？」

「おっかさんはね。おまえはお磯《いそ》おばさんのところにしばらくいて」

「えっ、なんで」

「おっかさんには用事があるの」

「どんな用事」

「いいから」

祥吉を抱きあげるようにして道を横切り、向かいで八百屋をしている店の障子戸を叩いた。

「ああ、おあきさん」

お磯が顔を見せて、にこやかに笑う。でっぷりと太っているが、とても面倒見のいい人で、近所の者の信頼は厚い。

「祥吉ちゃんね。しばらく預かっとけばいいのよね」

おあきはお磯に、今日の午前に頼んでおいたのだ。

「すみません。よろしくお願いします」

「よんどころのない用事じゃ、仕方ないものね。気をつけて行ってらっしゃいな」

「ありがとうございます」

頭を下げて、おあきは道を走りだした。祥吉がじっと見送っているのが感じ取れたが、振り返って手を振る余裕はない。

道を走り抜けて、右に向かう。おあきは大通りに走り出た。どこだろう。すっかり暗くなってしまい、夫の姿を見わけられない。提灯はいくつも行きかっている。

しまった。おあきは頭を抱えたくなった。手間取って、肝腎の夫を見失ってしまった。

おあきは懐からだした小田原提灯に火を入れた。

ふっと明るくなったが、夜の壁を突き破るほどのものではない。

仕方なく、こっちよ、と決めて歩きだそうとしたとき、夫の声をきいたように思って、おあきは足をとめた。

「おう、一吉《かずきち》、ずいぶん久しぶりじゃねえか」

「おう、甚八。元気そうだな」

二人はどうやら幼なじみのようだ。しばらく立ち話をしていた。一吉と呼ばれた男は、職人のなりをしている。

そのうち一緒に飲もうぜ、という言葉を最後に二人は別々の方向に歩きだした。

甚八は急ぎ足だ。右足が悪いのに、今はもうあまり引きずってはいない。金まわりがよくなると同時に、痛みも引いたようだ。

もしや女だろうか、という思いもないわけではない。甚八は、浮気はしていないといいきったが。

浮気をしている夫は女房にやさしくなるときくが、今の甚八もそうなのだろうか。

いや、とおあきは心中で首を振った。浮気ではない。やはりなにかうしろ暗いことに、手を染めているのだ。おあきにとって、とにかくそれだけが心配だ。

五間ほどの間をあけて歩きながら、あおきは、大八車の事故から救ってもらったときのことを思いだした。

もう五年前のことだ。おあきは友達のおせいと神田のほうに買い物に出ていた。その帰りに護国寺に近い、音羽町の繁華な場所に寄った。

小間物屋などを冷やかして歩いていると、うわっと男の悲鳴のような声がした。

「危ねえぞ、逃げろっ」

おあきとおせいは、声のしたほうを振り返った。

思わず目をみはった。大波のような黒々としたものが突っこんできたからだ。

山のような影が一気に迫り、それが米俵を満載した大八車だとわかったときには、おあきは吹っ飛ばされていた。

あとできいたところによると、どうした弾みか、大八車が坂の上から暴走してきたのだ。

そこまでは覚えている。そこからが今も真っ白だ。

どこからか強く腕を引かれたような気もするが、定かではない。気づくと、崩れた米俵がおせいにのしかかっていた。

「おせいちゃん」

あわてて呼びかけたが、おせいはぴくりとも動かない。

ああ、どうしよう。おせいちゃんが死んじゃった。

気を失っているとは思わなかった。なぜか、死んでいるのがわかったのだ。

視野の端でなにかが動いた。はっとして見ると、男の人が上からのぞきこんでいた。

「大丈夫かい」

心にしみわたるようなやさしい声だった。

「は、はい」

「そうかい、そいつはよかった」

男は顔をゆがめ、うっとうなった。

「大丈夫ですか」

おあきは立ちあがろうとして、腕ががっちりとつかまれているのを見た。男の手だった。

「大丈夫さ」

いうや男は気絶した。足を、家と大八車のあいだにはさまれていた。ひどい怪我だ。おあきは直視できず、誰か助けて、と叫んだ。

おあきが叫ぶより先に、すでに大勢の男たちが大八車の近くに集まっており、事故に巻きこまれた者たちを救いだしていた。

足をはさまれた男は最後に助けだされた。大八車が家に突き刺さるような形になっており、なかなか動かなかったからだ。

おあきは男の無事な顔を見るまで、はらはらしていた。おせいが死んでしまったことはこれ以上ない悲しみだったが、それならばせめて自分を救ってくれた男だけは、助かってほしかった。

でなければ、この先、とんでもない重荷を背負って生きていかねばならなくなる。

いや、そんなのはどうでもよかった。とにかく、助けてくれた礼をちゃんといいたかった。

おあきの祈りが通じたわけではないだろうが、男は助かった。右足を引きずるようになったが、命に別状はなかった。

事故の翌日、おあきは男に会い、礼をいった。男は、おあきが無事だったのをなによりも喜んでくれた。甚八、という名であるのがわかって、おあきはうれしかった。

あの日、買い物に出たのはおせいが誘ってきたからだ。しかし、もし私があの小間物屋をもう少しはやく出ていたら、と思うとたまらないものがあった。

父の光右衛門は助けてもらったことは恩に着ていたが、おあきと甚八の婚姻をずっといやがっていた。

しかし、娘の命を救った恩人ということで、断れなかった。おあき自身、甚八の女房になりたかった。

おあきには、助けてもらった恩返しで一緒になったという気持ちはない。遊び人でどうしようもない人というのはすぐにわかったが、ときおり見せるやさしさがたまらなかった。

これこそがこの人の本性なのだ、と自分だけわかっていればそれでよかった。

あのときはあの人が助けてくれた。だから、今度は私が助ける番だ。

その思いを新たに、おあきは甚八のあとを歩き続けた。

しかし、途中で見失った。

どうやら寺町らしく、あたりはかすかに線香のにおいが漂う暗さに満ちていた。人けはほとんどない。

夫はどこか寺の細い路地を入ってゆき、そのあと姿が見えなくなってしまったのだ。ぶら提灯の灯も見えなくなっていた。

近くの寺に入ったのだろうか。

おあきはしばらく付近をうろついた。

だが捜しだすことはできず、道のまんなかで立ちすくむことになった。

夜のなかに一人取り残されたような心細さがあり、おあきは道を戻るしかなかった。

七

笑いがとまらない。

こうして歩いていても、自然に笑みがこぼれてくる。

甚八は頬をぱんと張った。にやついてんじゃねえよ。自らにいいきかせる。

うまくいきすぎている感は、ぬぐいきれないのだ。

足下をすくわれないようにしねえとな。

しばらく歩いているうち、ふと、誰かにつけられているような気がしてきた。

勘ちがいか。この俺が誰につけられるというんだ。

しかし、背後の足音が自分のものと重なってきこえる。これは歩調を合わせているからだろう。

まちがいない、と甚八は思った。つけられている。

いったい誰だろう。振り返りたい衝動を押し殺す。首をねじ曲げて見たところで、闇の壁に阻まれてなにも見えまい。

道が寺町に入り、人通りが格段に減った。

このあたりでいいかな。

甚八はすっとせまい路地に入り、提灯を吹き消した。

どきりとした。近くまで来たのがおあきだったからだ。

気づいてよかった、と思った。今していることをおあきに知られたくはない。誤解を与えたくはない。

いくらきかれてもなにも話さないから、不安になったのだろう。

きっといつか話すから、待っててくれ。途方に暮れたような顔できびすを返したおあきのうしろ姿に語りかける。

十分におあきの提灯が遠ざかったのを確かめてから、ぶら提灯に火をつけ、歩きだす。

心配をかけてすまねえなあ。でも、もう少しの辛抱だからよ。

甚八は、大八車からおあきを救ったときのことを思いだした。足を怪我して、強烈な痛みが脳天を走り抜けたが、今ではもうなつかしさしかない。

あのときは、とにかく夢中だった。なにも考えずに身を投げだしていた。

おあきのことは前から知っていた。一度、仕事を紹介してもらおうと米田屋の暖簾を払ったことがある。

そのときに出てきたのが、おあきだった。一目見て、心を奪われた。おあきは光の衣をまとっているかのように全身を輝かせていた。

こんなに美しい娘がこの世にいるものなのか。

そのとき以来、米田屋のある小日向東古川町に行くようになった。頻繁に米田屋の暖簾を払えればよかったが、とっかえひっかえ職を変える男に見られるのがいやで、足繁く通うのをなんとか抑えこんでいた。

それでも、近づきになりたいと願う気持ちは強くなるばかりだった。しばらく小日向東古川町に通い続けて、どうやらおあきには決まった男がいないのがわかった。そのときはうれしかった。

驚くべきことはまだあった。おあきの双子の妹がまた姉に劣らずきれいだということだった。

もっとも、おあきとは六つ離れていて、さすがに甚八が心を奪われるようなことはなかった。

おあきが友達と買い物に出たときも、甚八はおあきに気づかれないようにすぐそばにいたのだ。

おあきは、甚八に助けられたのはたまたまと今でも思っているだろうが、あのときに居合わせたのは偶然ではないのだ。

体が勝手に動いていた。

おあきを助けられたのを知った瞬間の喜びは今でも忘れない。

おあきはまず一緒にいた友達のことを気にかけ、そのあと俺に気づいた。おあきのどこにも傷がないのがわかって、甚八の心は喜びに震えたものだ。

この俺が人を救えた。しかも大好きな女を。

そう思った次の瞬間、激痛が走り、甚八は耐えきれなくなって気を失った。

気づいたときは、医者のところにいた。

驚いたことに、そばにおあきがいた。感謝の眼差しを注いでくれていた。この俺のことを想ってくれているのではないか、と思えるような熱さがその瞳にはあった。

そのことに勇気を与えられ、断られてもいいや、とばかりに勢いで縁談を申しこみ、ついにおあきを女房にすることができた。

そのときの喜びも、一度たりとも忘れたことはない。子供ができたときも本当にうれしかった。

自分にはすぎた女房だ。それはもう骨の髄からわかっている。

祥吉ともども幸せにしてやりたい。そのためにはもっと金が必要だ。

少し風が出てきた。まだ夜ともなれば、さすがに冷たい。

甚八はぶるりと体を震わせた。

寺町を抜けると、やや人けが増えてきた。まだ宵の口といっていい刻限だ。行きかうのは酔っている者がほとんどだ。声高に話している者や、それとは逆にひそひそと話している者も目につく。

甚八はそういう者たちと同じはやさで歩いた。ゆっくりすぎるくらいだが、右足がおかしい自分にはちょうどいい。

目当ての原っぱが近づいてきた。町人の男が目立って増えてきている。誰もが瞳をぎらぎらさせていた。

まるで賭場のようだな、と甚八は思った。なんとなくなつかしい。

原っぱに足を踏み入れる。濃密な化粧のにおいが、風にのってくる。

甚八は立ちどまり、原っぱを見渡した。

いいのが見つかればいいんだが。

商売を広げるためには、これまで以上の人数が必要なのだ。

八

少し疲れを感じている。

今日は動かないほうがいいと判断し、直之進は終日、米田屋で静養していた。布団に横になるほどのものではなく、ただあまり体を動かさずにいた。

疲れは、昨日の他出によるものだろう。それに、千勢のことも心に少なからず衝撃を与えた。

もともと、まだ体調が万全ではない、というのが最も大きいのだろう。

「大丈夫ですか」

外まわりを終え、帰ってきた光右衛門にきかれた。

「大丈夫さ。快復する際、こういうふうに足どめを食らうことはよくあることだろう」

「そうなんでしょうね。どうやら顔色もよろしいようですし、心配するほどのことはないですか」

「そういうことだ」

光右衛門が顔のしわを深めて笑う。

「じき夕餉もできましょう。もうしばらくお待ちください」

静かに出ていった。

障子が閉じられると同時に直之進は畳に横になり、腕枕をした。

思いだすのは、千勢のことだ。

ああいうのが女のわからないところだ。だから、男にとって永遠の謎なのだろう。

直之進はふと耳を澄ませた。

どうやら来客のようだ。おきくが応対している。いや、来客ではないのか。子供の声がしている。

廊下を渡ってくる足音がした。

なんだろう、と直之進は思った。足音はまたも光右衛門だ。客は富士太郎かもしれなかった。いや、だとしたら子供はなんなのか。

直之進は起きあがった。

「湯瀬さま、あけますよ」

障子があき、光右衛門が顔を見せた。

「ちょっとよろしいですか。居間においで願いたいのですが」

光右衛門の顔はこわばっている。声もかたい。

わかった、と直之進は立ちあがった。どこにも痛みはない。

光右衛門に続いて、居間に入った。そこには女が正座していた。見覚えがある。

「おぬしは——」

一瞬考えたにすぎなかった。

「おあきさんだな」

おきく、おれんの実の姉だ。今は甚八という遊び人の女房で、祥吉という子が一人いる。

一緒にやってきたのは祥吉なのだ。どうやら、別の部屋でおきくとおれんが祥吉の相手をしているようだ。

「ご無沙汰しておりました」

おあきがいう。ただ、どこか疲れたような表情がある。

「いや、こちらこそ」

「湯瀬さま、お座りください」

光右衛門の横に直之進はあぐらをかいた。

「湯瀬さま、おあきがなんでも手前に相談があるというのですよ」

「相談？　俺が一緒ではまずかろう」

「いえ、一緒にお願いしたいんでございますよ。なんでも相談ごとというのは、おあきの亭主の甚八のことだそうですので」

「甚八か」

直之進はおあきに視線を投げた。疲れたように見えるのは、あのどうしようもない男のせいか。

なんとなく腹が立ってきた。またあの男は、懲りもせずおあきを苦しめているのだろう。

相談ごとというのは、離縁のことだろうか。それだったら、俺が反対する理由などどこにもない。

光右衛門が直之進を見て、苦笑している。

「ずいぶんと厳しい顔をされますなあ。湯瀬さまは、よほど甚八のことをきらっておられると見える」

きらっているのはおぬしも同じだろうが、といい返したかったが、目の前におあきがいる。直之進は黙っていた。

「おあきさん、俺がいてもいいんだな」

「はい、湯瀬さまにも是非きいていただきたいと思っています」

「そうか。わかった」

横で光右衛門が身じろぎする。

「それでおあき、相談というのはなんだい」

やさしくきく。どうやらこの狸親父も、離縁のことと見当をつけている口調だ。

「それなんですけど」

おあきが語りはじめた。

「ほう、甚八がそんなことを……」

光右衛門が意外そうにいう。

「湯瀬さま、どう思われます」

「甚八がなにかしているのは、まずまちがいないだろう。それが悪いことかどうかはわからないが……」

「湯瀬さま、はっきりおっしゃっていただいたほうが、おあきもありがたいでしょう」

「そうだな」

直之進は深く顎を引いた。

「悪いことをしているのではないと祈りたいが、いいことをしているとは思えん」

光右衛門が顔のえらの肉をつまみ、首をひねった。

「湯瀬さま、甚八はなにをしているんでしょうかね」

「なんだろうな。俺にはわからん」

直之進はおあきに顔を向けた。

「おあきさん、昨夜つけてみたものの、夜陰に紛れて甚八の行く先はわからなかったとのことだが、甚八の足取りはどうだった」

「はい、弾んでいるというのはいいすぎでしょうけれど、自信にあふれている感じがしました」

「金まわりがいいというのも合わせて、そのなにかはうまくいっているということか」

「そのなにか、というのは商売ですかね」

光右衛門がきいてきた。

「かもしれんが、甚八に商才はあるのか。それに売物はなんだろう」

「商才ですか。あの男とは最もかけ離れている気がしますねえ。なにしろ博才もほとんどなくて、手前に金をたかりに来ていた男ですからねえ」

「すみません」

おあきが小さな声で謝る。

「いや、おまえを責めたんじゃない」

光右衛門があわてていった。

「それからおあき、甚八を心配する気持ちはわかるが、一人で夜歩きをするなど、そんな真似はやめたほうがいい」

光右衛門が諭すように口にした。

「それはわかっているのですけど」

「一人残される祥吉がかわいそうだ」

それにしても、甚八はどこでそんな金を得ているのか、と直之進は思った。まともに稼いだ金ではないだろう。おあきの心配も当然のことだ。

「湯瀬さま、どうすべきだと思われますか。なにかいい手立てがございますか」

ここは俺が一つ力を貸してやらねばならんな、と直之進は考えた。これまで光右衛門たちには、ひとかたならぬ世話になっている。このことで一つ返せるのなら、直之進にとってむしろありがたかった。

「米田屋、俺がつけてみよう」

「えっ、本当ですか」

「ああ」

「あの、湯瀬さま」

光右衛門がおあきの視線を逃れるように面をやや下げてから、いった。

「甚八のやつ、もしかすると誰かを強請《ゆす》っていることも考えられませんか」

おあきがはっとする。

「おとっつあん、そんなこと、いわないで。あの人は、悪いことはしていない、とはっきりいったわ」

「おあき、甚八が本当のことをいっているかどうか、わからんではないか。それがわかっているから、おまえも相談に来たんじゃないのか」

おあきは黙りこんだ。

「湯瀬さま、甚八のこと、本当にお願いできますか」

光右衛門がすがるような眼差しを向けてくる。

「うん、やろう」

「ありがとうございます。湯瀬さまがお調べになってくださるのなら、すぐに真相は知れましょう。——いつ取りかかられます」

「はやいほうがよかろう。今夜だな」

「でも湯瀬さま、お体のほうは大丈夫ですか」

「大丈夫さ。ずっと静かにしていて、退屈していたんだ」

直之進はすっくと立ちあがった。おあきをやさしく見る。

「——おあきさん、決して退屈しのぎでするのではない。安心してくれ」

直之進はおあき、祥吉と一緒に大塚仲町に向かった。光右衛門もついてきた。

おあきの家の一町ほど手前で、直之進と光右衛門は足をとめた。直之進は光右衛門に目配せし、祥吉を少し離れたところに連れていかせた。

「昨夜、甚八はこの道を北に向かって行ったんだね」

おあきに確かめた。

「はい、そうです。こちらでお待ちになっていただければ、必ず夫は通るはずです」

「わかった。ありがとう」

直之進は光右衛門に合図した。光右衛門が祥吉を連れて近寄ってきた。

「では、これにて失礼いたします」

おあきが祥吉を連れて歩きだす。濃くなってきた夕闇に紛れ、やがて母子の姿は見えなくなった。

「おあきのやつ、家をあけていたこと、甚八になんていいわけするんでしょう」

「そのあたりは、実家に行っていたと正直にいうだろう。祥吉がいるから、下手な嘘をつかぬほうがいいのは、おあきさんもわかっているはずだ」

「さようですねえ」

二人は近くの路地に身を入れ、甚八がやってくるのを待った。

軽い足音がきこえ、夕闇を突き破るようにして人影が近づいてきた。

「おあきさん」

直之進は声をかけた。

「どうした、おあき」

少し血相が変わっている。

「いないんです。もう出かけてしまったみたいなんです」

光右衛門が直之進を見る。

「どうします、湯瀬さま」

直之進は鼻をつまんだ。

「仕方ないな。明日、出直すしかなかろう」

九

今日も料永には、はやく出てきた。

お咲希には生け花を教えた。

千勢自身、心得があるほどではないが、沼里の師匠がよかったおかげで、人さまに教えてもおかしくない程度の水準にある、と思っている。

まだ春先ともいえない時季なので、花はつぼみのままだ。

「登勢さん、こんなつぼみでいいの」

小首をかしげ、つぶらな瞳でお咲希がきく。

「いいのよ。これは雪割草だけど、今はこういうのでいいの。咲いている花を生けるのは、春からよ」

「へえ、そういうものなんだ」

「そういうものよ。本当は冬というのは、生け花にまったく向いていないのだけど」

しばらく二人で花を生け続けた。

お咲希には機微を感じ取る力がある。このあたりは、母譲りなのだろうか。

「ねえ、登勢さん」

お咲希が呼びかけてきた。

「登勢さんは、剣術はできるの？」

えっ、と驚いた。

「どうしてそんなこと、いうの」

「だって、できそうなんだもの」

なぜわかるのだろう。子供ならではの直感というところか。

「できるんだったら教えて」

「えっ」

意外な言葉で、千勢はあとが続かない。

「駄目？」

「どうして習いたいの」

「ちょっと興味があるの」

「どうして」

「それはねえ、秘密」

千勢は考えた。このくらいの年頃の女の子が、どうして剣術などに興味を持つのか。答えは一つだろう。

「ふーん、お咲希ちゃん、好きな男の子がいるんだ」

真っ赤になって否定するかと思ったが、お咲希は平気な顔でうなずいた。

「さすがに登勢さんだわ」

「どんな子なの。近くの町道場に通っている子なの」

「ううん、お侍よ」

「えっ、そうなの」

「そんなに驚かなくてもいいじゃない」

「でもお咲希ちゃん、どうしてお侍の子を好きになったの」

「助けてもらったの。近所の子供たちにいじめられているとき」

「それは刀で？」

「ううん、刀なんて持ってなかったもの」

「じゃあ素手か。すごいわね」

千勢はお咲希を見つめた。

「それなのに、どうして剣術を習いたいと思ったの。いじめた子供たちに仕返しがしたいの？」

「ううん、ちがうよ」

お咲希はかぶりを振った。

「この近くに、町人もたくさん通っている剣術道場があるの。そこにその男の子は通っているの。でも、これがあんまり強くないんだなあ。喧嘩はあんなに強かったのに」

「あら、そうなの」

「あの道場に通っていても、きっと強くなれないのよ。それで私が登勢さんから習って、あの子に教えたいと思っているの」

なるほど、と千勢は思った。

「その男の子とは、助けてもらったあと、話をしたの？」

「それがしてないの。お侍の子だから、女と軽々しく口をきいちゃいけないって、そのあたりは厳しいのよ、きっと」

確かにその通りだろう。武家に育った千勢にはよくわかる。

「要するにお咲希ちゃんは、その男の子とお近づきになりたいと思っているのね」

「まあ、そういうことかな」

お咲希は照れもせずに口にした。

「いいわよ。教えてあげる」

「やったー」

お咲希は躍りあがって喜んだ。

「でも条件が一つあるの。旦那さまのお許しをもらったらね」

「それなら大丈夫よ」

お咲希は満面に笑みをたたえている。

「もうおじいちゃんの許しは得ているから」

「あら、そうだったの」

「ううん、嘘」

お咲希が舌をだす。

「今からさっそくおじいちゃんに会って、話をしてくるわね」

「明日、その結果を知らせて。私、もうお仕事に行かなきゃ」

「じゃあ、明日ね」

お咲希が手をあげる。千勢も右手を振ってこたえた。


あれ、おかしいな。

一日の仕事を終え、千勢は厨房脇の部屋で賄いを食べているところだった。

米の味がいつもとちがう。変わっているのだ。

勘ちがいだろうか。体調のせいだろうか。

いや、そうではない。本当に変わっている。

どうして変わったのか。この米は決してまずくはない。前の米とさしてちがわない味だ。

でも、これなら、舌の肥えた客ならきっと気づくだろう。しかしまずくなったわけではないので、さして気にもかけないはずだ。

そのことを千勢は、隣に座っているお真美にいった。

「えっ、そうかなあ」

わからないというように首をひねる。お真美と同じく、女中仲間のほとんどは気づかない。

「舌がどうかしたんじゃないの」

お真美にはそういわれた。

そんなに気になったわけではないが、どうして変えたのか、千勢は仕入れ担当の者にきいてみたかった。

いや、きいたところでどうにもなるまい。

米屋を替えたとして、どうして替えたのか。そこまできぎたかったが、それは自分がきいていいことではない。きっとなにか事情があるのだろう。

それに、仕入れ担当の者が無断でやったはずもない。主人の利八にも了解を得ているはずだ。利八なら、米が変わったのはすぐに見抜くはずだからだ。

料永に出入りしている米屋は、実直そうな人だった。

もし替えられてしまったのだとしたら、今、どうしているのだろうか。

第三章

一

このあたりでは鶴巻川《つるまき》と呼ばれる川から、死骸が引きあげられた。

斜めから射しこむ朝日を浴びて、頬を伝う水が一瞬、きらりと光を帯びた。

どこにも傷はないみたいだね。

心でつぶやいて、樺山富士太郎は死骸の前にかがみこんだ。

死んでいるのは男だ。夜が明けて川に浸かっているのが見つかり、町の者によって引きあげられたのだ。

これが事故なのか、それとも犯罪が絡んでいるのか。今のところは見当がつかない。

富士太郎は珠吉を振り返った。

「どう思う」

「いや、これだけじゃなんとも判断のしようがありませんよ。福斎《ふくさい》さんにまかせるしかないですね」

福斎というのは医者で、奉行所が頼んで検死医師をやってもらっている。

「もう見えたかい」

「いえ、まだですねえ」

そうかい、といって富士太郎はそばにいる町役人《ちょうやくにん》たちに歩み寄った。

今、富士太郎たちがいる町は雑司ヶ谷町だ。近くには、雑司ヶ谷村の鎮守である鬼子母神の森も見えている。

鬼子母神といえば、と富士太郎は思った。子宝の神さまだねえ。おいらは子が産めないんだよねえ。せっかく直之進さんと知り合えたのに、それが残念だよ。

町役人に、仏が知った顔かきこうとしたとき、福斎が小者を連れてやってきた。

「先生、こちらです」

富士太郎は手をあげた。

「ああ、すみませんね、樺山さん。おくれてしまいました。これでもずいぶん急いで来たんですけど」

福斎の言葉に偽りはないようで、顔一杯に汗をかいている。小者も同様だ。

「いいえ、かまいませんよ」

富士太郎は福斎を案内した。

「こちらです」

福斎は死骸の前に片膝をついた。まず顔を凝視してから、体を裏返すなどした。丹念に見ている。

「体に傷のようなものはないですね」

「としますと、事故と考えてよろしいんですか」

実際、この手の水死は江戸では数多い。酔って橋の欄干を越えてしまうのだ。

しかし、殺しというのも十分に考えられる。手練《てだれ》の者なら、傷一つつけずにあの世へ送るのにさほど手間もかからないだろう。

「いや、もちろん断定はできませんよ」

福斎はじっくりと見ている。

「死んだのは何刻頃ですか」

「そうですね。昨夜の四つすぎから今朝の七つのあいだではないですか」

三刻もある。

「もう少しせばまりませんか」

福斎が首を振る。

「いや、これ以上は無理ですね」

「そうですか。死因はなんです」

「水死ですね」

「それはまちがいないんですか」

「ええ、まちがいありません。――ただ、一つ気になることがあるんです」

「なんですか」

富士太郎は勢いこんでたずねた。

「これです」

福斎が死骸の右手を持ちあげた。

「ここに、すりむいたような傷があるでしょう」

富士太郎は見つめた。うしろから珠吉ものぞきこむ。

福斎のいう通りで、右手の人さし指と中指に小さな傷があるのだ。

「ええ、確かに。その傷がなにか」

福斎が富士太郎を仰ぎ見た。

「たとえばですが、頭を押さえられて水面に顔を押しつけられたとしますね。両腕はどうなりますか」

富士太郎は自分がそうなったときを、脳裏に描きだした。

「もがいて、ばたばたさせると思います」

はっとした。

「じゃあ、そのときにできた傷だと？」

「この川、鶴巻川っていいましたか、見てください。川岸に杭が並んでいるじゃないですか。あれに手が当たった、ということは考えられないことはないですね」

溺れ死にさせられたとして、どこでさせられたかというのは、まずわからないだろう。血がついている杭を捜せばいいのかもしれないが、川の流れにとうに洗われてしまっているだろう。

「ほかにおききになりたいことは？」

福斎がきいてきた。

即答はせず、富士太郎はしばらく考えた。

これ以上きくべきことは浮かばなかった。

「いえ、ございません。先生、ありがとうございました」

「では、これにて失礼いたします」

福斎は小者を連れ、道を戻っていった。

遠ざかる背中に頭を下げてから、富士太郎は珠吉に向き直った。

「どう思う」

「殺しかってことですかい」

珠吉がむずかしい顔をする。

「指の擦り傷だけで殺しと決めつけるのは、ちとつらい気がしますねえ」

「そうだね」

富士太郎はそのことに異論はない。

「でも先生によれば、殺しも考えられるということだったね。事故と殺し、両方を考えて調べてみようか」

「ええ、それがよろしいでしょうね」

富士太郎はもう一度、死骸を見つめた。

身なりは悪くない。ただ、堅気という感じもあまりしない。

その雰囲気がどこからきているのか。

わからないが、着崩れている、という感じがしないでもないのだ。

ただ、それは川に長いこと浸かっていたというのも関係あるのかもしれない。

「珠吉、この男、歳はいくつくらいかね」

「三十くらいじゃないですかね」

「そうだね。まだそんな歳ではないよねえ」

二十八の直之進と同じくらいだろうか。

直之進のことを思いだしたら、胸がきゅんとした。会いたくてたまらない。

死骸から目をはずし、富士太郎は空を見あげた。綿のような雲がいくつか浮かんでいる。その雲の一つに直之進の面影を重ねた。

「どうかしたんですかい」

「いや、なんでもないよ」

あわてて死骸に目を戻す。

とにかく、この男の身元を明かさなければならない。そうすることで、事故か殺しか見えてくるものもあるにちがいない。

富士太郎は、雑司ヶ谷町の町役人たちをそばに呼んだ。

「この男を知っているかい」

五人の年寄りといっていい男たちは、一様に首を振った。

「いえ、存じません」

「この町の住人じゃないんだね」

「はい、ちがいます」

最も若いと思える町役人が明言する。

「そうかい、そのくらいはっきり答えてもらえると、こちらとしても助かるよ」

富士太郎は町役人たちから目を離し、まわりを眺め渡した。

町としては、少し寂しい感じがある。寺が多いというのも関係あるだろうが、家々のあいだから冬枯れしている田畑が見えているというのも大きいのだろう。

ここ雑司ヶ谷町は、江戸でもだいぶはずれた場所だ。

「仏さんは、自身番で預かっておいてくれないか。身元がわかったら、すぐに取りに来させるから」

「承知いたしました」

最も年かさと思える町役人が答えた。

頼むよ、と富士太郎は町役人にいってから、珠吉にうなずきかけた。

「よし、まずは身元調べからだね」

二

「湯瀬さま、今夜、お願いできるのですね」

朝餉のあとの茶をゆっくりとすすりながら光右衛門がきく。

「ああ、まかしておけ」

今日こそははやめに大塚仲町へ行き、甚八の行く先を突きとめるつもりでいる。

直之進も湯飲みを傾けた。あたたかくて甘みのある苦みが、喉を通り抜けてゆく。

「でも湯瀬さま、本当ですか」

光右衛門が湯飲みを箱膳に戻してきく。

「外まわりについてゆくという話か。ああ、本当さ」

「でも湯瀬さま、お体がまだ万全とはいえないのに、手前のあとについてきて、お疲れになりませんか」

「体調はすこぶるいいんだ。昨日、ぐっすり寝たらすっかりよくなった」

「さようですか。でも、無理はなさらないでくださいましよ」

「ああ。無理だと思ったら、すぐに引きあげる」

しばらくじっとして腹がこなれるのを待って、光右衛門が立ちあがる。

「では湯瀬さま、まいりましょうか」

「うむ」

直之進は、光右衛門のあとに続いて道に出た。天気は悪くない。東風はまだ冷たいが、どこか春近しを思わせる輝きが、東から照らしている太陽から照らしている太陽にはある。沼里という温暖な地に生まれ育った身にとっては、はやくあたたかくなってもらいたかった。

早朝の町に人通りは多い。魚売り、しじみ売り、野菜売りなど行商人が目立つが、職場に向かう職人たちや奉公人たちの姿もけっこうある。それだけでなく、すでに買い物に繰りだしはじめている者もかなりいるようだ。

町はとうに目覚めていた。この生き生きとした町人たちの顔を見るのが、直之進は好きだ。誰もが、今を生きているという生気にあふれている。侍という枠にがんじがらめにされていたときは、町人たちのこんな表情には気づかなかった。

このことがわかっただけでも、沼里を出てきた甲斐があった気がする。

「どうかされましたか」

光右衛門がきいてきた。

「うれしそうに眺めてらっしゃいますけど」

「うれしいんだ」

「なにがでございますか」

「おぬしと知り合えたことさ」

光右衛門が破顔する。

「まことでございますか」

「おぬしと知り合えなかったら、俺はただの世間知らずだっただろう。せまい世界を大海と思って、ずっと生きていたにちがいない」

「さようですか」

光右衛門がしげしげと見る。

「そういえば湯瀬さま、角が取れた感じがしてまいりましたものねえ」

「前はもっととげとげしかったか」

「そういうこともなかったですけれど、今はなんでものみこめるようなお方になった感じがしますね」

「それが本当だったら、うれしいな」

「本当でございますとも」

光右衛門が力んでいう。あたりを見まわす。

「いや、こんなところで立ち話をしている場合じゃなかったですな」

歩きだす。直之進はうしろについた。

「しかし湯瀬さま、これでは用心棒みたいではないですか」

「用心棒なら前を歩くさ。まあ、商売の見習みたいなものと考えてくれ」

「見習ですか」

光右衛門がぱっと振り向く。

「それはつまり、この商売に本腰を入れようということでございますか」

「どうだろうかな。自分でもよくわからんのだ。だが、外まわりが楽しい、というのはよくわかっている」

光右衛門の足取りは前にも増して軽いものになった。

直之進が光右衛門のあとをついてゆくのを選んだのは、今夜に備えてじっとしているより、こちらのほうがいいだろう、と思ったからだ。口数の多い光右衛門と一緒にいれば、千勢や佐之助のことを考えずに気が紛れるだろう、との思いもあった。

「これはもしかするともしかするな」

光右衛門がつぶやいている。独り言のつもりらしいが、地声が大きいせいで筒抜けだ。

「湯瀬さまがうちに奉公をはじめてくださるとするだろ、となると跡取りの件についてはとりあえず解決ということになるな。これは大きい。とてつもなく大きいぞ」

行きかう人が怪訝そうに光右衛門を見てゆく。それで大声をだしていたことに光右衛門は気づいたようだ。

しばらくなにか考えている様子だったが、不意に振り向いた。

「湯瀬さま、どちらを選ばれますか」

唐突にきかれて、直之進はきょとんとした。

「選ぶってなにを」

「おきく、おれんのどちらを、ということに決まってるじゃないですか」

直之進が米田屋の跡取りとなる場合、当然、どちらかを女房にすることになる。

「決められんよ、そんなこと」

「決めてくださらないと、手前が困ってしまいますよ」

「まだこの先、どうなるかもわからないのに、米田屋、先走らんでくれ」

光右衛門も千勢のことに思い至ったようだ。

「だが米田屋、俺のような沼里から出てきたばかりの田舎者を、大事に思ってくれているのは感謝している」

「湯瀬さまは田舎者ですか。確かにそうなんでしょうけど、お人柄が信頼に値すると申しましょうかね。これだけ信用できる人も手前は珍しいと思っているのですよ」

「俺が信用できる？」

「でなければ、用心棒を依頼したり、手前に代わって外まわりを頼もうなどという気には決してなりません」

光右衛門の言葉は、心に気持ちよく響いた。人に信用され、信頼される。それは必要とされるということでもあるのだろう。

直之進は沼里にいたときとはくらべものにならないくらい、充実したものを覚えた。

その後、光右衛門にくっついて得意先まわりをした。実際、直之進の顔を目の当たりにした得意先に喜ばれて、うれしかった。

「でも湯瀬さま、どういうことだと思われますか」

じき昼という頃、ふと思いだしたように光右衛門がきいてきた。というより、これまでずっと気にしていたが、口にするのをためらっていたのだろう。

「甚八のことか」

「ええ」

「やはり、誰かを強請《ゆす》っているというのが最も考えやすいな」

「そうですね。でも、あの男は小心です。そんな大それたことが、果たしてできるものなのかどうか」

「相手によるだろうな。たとえば女なら、度胸はさしているまい」

「あの男、女を食い物にしているかもしれないんですか」

光右衛門の顔が暗くなる。

「いや、まだわからん。今宵、はっきりさせてくる」

直之進は光右衛門を安心させたかった。

「お頼みいたします。――ところで湯瀬さま、おなかは空きませんか」

「空いたな」

「でしたら、昼飯にしましょう」

「正田屋か」

「あそこが一番でしょう。なにを食べてもおいしいですし、安いですし」

直之進と光右衛門は、小石川《こいしかわ》伝通院《でんづういん》前《まえ》陸尺《りくしゃく》町にある正田屋に行き、ややおそい昼食をとった。

富士太郎に会うかと思ったが、今日は姿が見えなかった。

「事件でもあったんですかね」

光右衛門が鯖の塩焼きから骨を器用に抜き取っていう。

「かもしれんな」

「湯瀬さま、ほっとされているようですね」

「まあな」

直之進は烏賊の煮つけを食べている。生姜がきいたたれで、実に飯と合う。腹をすかせきった犬のようにがつがつと食った。箸をとめようがない。

「すばらしい食べっぷりですなあ」

光右衛門が味噌汁を飲むのも忘れて、感心している。

「とにかくうまいんだ」

「それはよーくわかりますよ」

飯を三杯食べ、豆腐の味噌汁もおかわりして、直之進は箸を置いた。

「ああ、うまかった」

膳の上の湯飲みを取る。すっかり冷めていたが、茶はおいしかった。

「おい、直之進」

声のしたほうを見ると、暖簾を払ったばかりの琢ノ介が近づいてくるところだった。

「やっぱりここだったか。行くところがあまりない男は、居場所がわかりやすくてありがたいな」

琢ノ介が雪駄を脱ぎ、座敷にどかどかとあがってきた。

「米田屋に行ったら、おぬし、一緒に外まわりに出たときいたんでな、こっちにまわってきたんだ」

「なんだ、なにか用か」

「なんだよ、そんなに警戒しなくてもいいじゃないか」

「おまえさん、なにか企んでいる顔なんだ」

「企むなんてそんな大袈裟なことじゃない。一つ頼みがあるだけだ」

「なんだ、頼みって」

「たいしたことじゃないんだ。――いや、待てよ、その前に」

琢ノ介がじろじろと直之進の全身を見た。

「体の具合はどうだ」

「すこぶるいい」

「少しなら無理できるか」

「少し、の程度によるな」

「それなら大丈夫だ」

琢ノ介が口にする。

本当にたいしたことではなかった。中西道場の門人の弥五郎と立ち合ってほしい、というものだった。

「そんなことか。お安いご用だ」

「そうか。頼めるか」

「ああ、いつ行けばいい」

「できれば今日」

「今からか」

「だいたい午後は、八つ頃から稽古がはじまるんだ。弥五郎も仕事を終えて、その頃にやってくる」

八つに仕事を終えるのははやすぎる感じがしないでもないが、江戸では多くの職人がそうなのだという。腕がいいからこそこんなにはやく終われるのだと、まわりに見せつける意味があるのだそうだ。

「かまわんよ」

直之進は光右衛門を見た。

「手前の用心棒をされているわけではないですからね。もちろんかまわないですよ」

「すまんな、勝手で」

「とんでもない」

昼餉の勘定は光右衛門が持ってくれた。

正田屋を出たところで光右衛門とわかれ、直之進は琢ノ介と一緒に歩きだした。

「体は本当に大丈夫なんだろうな」

「ああ、大丈夫だ。強がってなどおらぬ」

「そうか。ところで、佐之助のほうはどうなっているんだ」

　ごまかす気などなく、直之進は正直に語った。佐之助が千勢のもとで療養していたことも話した。

「ええっ、本当か」

　琢ノ介がさすがに絶句する。

「このことは米田屋の者には話しておらぬ。黙っていてくれよ」

「ああ、わかった」

　琢ノ介が息を飲んでから、口をひらいた。

「直之進、そのこと、富士太郎にはいったのか」

「いや」

「まあ、そうだよな。科人《とがにん》をかくまったと知れたら、千勢さん、罪を負うことになっちまうものな」

「そういうことだ。富士太郎どのにも内密に頼む」

「了解した」

琢ノ介が思いつめた顔をしている。

「どうした」

「いや、わしも今いっちまおうかって考えてるんだ」

「なにを」

「わしの身の上さ」

「えっ、ここでか」

「そうさ。どうせ、いつか話そうと思っていたんだ。今の話をきいたら、わしも話さなきゃって思ったんだ。いい機会だろう。――ききたいか、直之進」

「いいのか」

「ききたいのかと申しておる」

「ああ、ききたい」

「じゃあ、話してやろう」

直之進は歩きながら首をうなずかせ、耳を傾けた。

「わしはさる北国の家中の士だった」

琢ノ介が語りだす。

「勘定方の役人だったんだ。城で帳簿をつけたりして、金勘定をしていたんだ」

金勘定など細かい仕事が苦手そうな琢ノ介にしては意外といえば意外だが、侍は職を選べないのだ。

「それで、なにがあった」

直之進は先走りを承知でたずねた。

「なにかあったとどうしてわかる」

「なにかなかったら、こうして江戸で浪人はしておるまい」

「道理だな。――上司を殴りつけたんだ」

「どうして」

「妻とできていたんだ」

「そのことがわかったから、殴ったのか」

「妻と上司ができているおかげで、わしはそこそこ出世していた。わし自身、自分がまじめにつとめに励んでいるからだと信じていたんだが」

妻と上司の不義がわかったのは、ある日の昼休み、仲のよかった従弟が職場に訪ねてきたからだ。従弟は、俺の勘ちがいかもしれないんだが、と前置きして、昨日の午後、目にしたことを語った。

妻が出合茶屋から出てきた、といったのだ。作事方につとめている従弟は昨日は非番で、昼間から城下の繁華街に道場仲間と繰りだしていたのだ。

その話をきいて、まことか、としか琢ノ介はいえなかった。しかし、よほどの確信がない限り、従弟がわざわざ自分のところにそんな話を持ってくるはずがなかった。

「不義の相手が上司だったのか」

「そうだ。従弟はそこまでは確かめなかったのだが」

その夜、帰宅した琢ノ介は妻を問いつめた。妻は泣きながら白状した。あなたさまのご出世のためだったのです。

確かに上司は昨日、仕事を休んでいた。非番だった。

琢ノ介は上司の屋敷に乗りこんだ。そのときは、斬り殺すつもりでいた。

しかし、殺せなかった。

助けてくれ。いや、助けてください。お願いします。

なりふりかまわない命乞いだった。ふだんは物静かで物わかりのいい上司だった。

琢ノ介は一発だけ殴りつけた。それで少しは満足した。

「これでお役は取りあげられ、無役になるのはまちがいない、と思ったよ」

しかし、そんなものではすまされなかった。

「屋敷に帰ると、妻が自害していたんだ」

「そうだったのか」

「この前、又太郎さまに身の上を話したときは、病死したといったがな」

その後、妻の葬儀をだした。

上司のほうも無事ではすまされなかった。配下の妻と不義をしていたということで処罰を受け、無役になったのだ。

「いい気味とも思わなかった。わしは城中の暮らしがいやになり、致仕《ちし》した」

「それで江戸に出てきたのか」

「途中、一悶着あったが」

琢ノ介は軽い口調でいっているが、どんな悶着だったか、直之進には想像がついた。

「国境《くにざかい》を越えてすぐ、上司が一族の者と一緒に襲ってきたんだ」

「相手は何名だった」

「四名だ。襲ってくるくらいだから、そこそこの腕達者ばかりを選んだはずだが、わしはまったく歯応えを感じなかった」

「斬ったのか」

「それでもよかったが、全員、峰打ちにしたよ。わしも少し傷を負ったが、たいしたことはなかった」

琢ノ介がこれが江戸の香りだといわんばかりに、胸一杯に大気を吸いこむ。

「それが二年前のことよ。すぎてみれば、直之進、はやいものだな」

三

牛込早稲田町の中西道場に着いた。

道場の雰囲気は久しぶりだ。直之進は入口に立ち、一つ息を入れた。

「どうした、緊張しているのか」

「いや、胸が高鳴ってな。血が騒いでいる」

「そりゃいい。——直之進、手加減は無用だぞ。厳しさを教えてやってくれ」

道場での稽古ははじまっている。盛況だ。三十名ほどの者たちが打ち合っている。

道場の隅には子供たちの姿もある。こちらは型の稽古だ。素振りを繰り返している。

「直之進、納戸はそこだ。着替えてきてくれ。着替えは用意してある」

うなずきを返して、直之進は納戸に入った。きれいに洗濯してある着物が置いてあった。

着替えをし、面と胴もつけ終え、直之進は道場に出た。琢ノ介が竹刀を投げてきた。

「弥五郎」

琢ノ介が一人の門人を手招きする。弥五郎は早足で歩いてきた。

「直之進がさっそく来てくれたぞ。教えてもらえ」

「わかりました」

弥五郎が直之進に頭を下げる。

「よろしくお願いします」

静かなものいいだが、闘志を秘めた瞳をしている。必ず倒してやる、という気迫に満ちていた。

「こちらこそ」

直之進はほほえましく思った。強くなりたい、と願っている顔だ。よし、その期待に応えてやろう、と思った。

直之進と弥五郎は道場の中央に出た。門人たちがまわりに居並ぶ。審判役は琢ノ介だ。

蹲踞《そんきょ》の姿勢から剣尖を向け合った。

「はじめっ」

琢ノ介の鋭い声が飛ぶ。

ほう。直之進は感嘆した。確かに、前にやったときとはくらべものにならないくらい強くなっている。

直之進はうれしくなって、思わず笑みをこぼした。

その笑いが、弥五郎は気に入らなかったようだ。顔つきが変わった。

どうりゃあ。腹に響くような気合だ。一気に突っこんできた。

間合があっという間につまる。

さて、どうすればいいのかな。直之進は振りおろされた竹刀をとりあえず、がっちりと受けとめた。

鍔迫り合いになるのを許さず、ぐっと押した。弾かれたように弥五郎がうしろに飛んだ。尻餅をつきそうになるのを必死にこらえる。

おう、という声がまわりの門人たちから発される。弥五郎も驚いている。

気を取り直して、だん、と床板を蹴った。今度は竹刀を胴に持ってきた。

直之進はこれも受けとめ、腕の力でねじるようにした。弥五郎が正面に来たところで、またどんと突き放した。

うわっ。弥五郎の口から悲鳴に近いものが漏れる。すぐさま体勢を立て直し、突進してきた。

ふむ、足腰は悪くない。あの姿勢からすぐさま攻撃に移れるなど、並みではない。

面を狙ってきた。竹刀が鋭さを増している。直之進はかまわず弾きあげた。

びしっ、と強烈な音が道場内に響き渡り、弥五郎の体が一瞬、宙に浮いた。

うわあ、という歓声が道場を包む。後退した弥五郎が目をむく。

だがそれも一瞬で、また攻撃を仕掛けてきた。

再び面に竹刀を浴びせようとする。直之進は受けた。弥五郎は胴に竹刀を持ってゆく。

直之進はこれも受けとめた。

弥五郎は右にまわりながら、竹刀を振りおろした。楽々と打ち返して、直之進は試しに胴に竹刀を払ってみた。

竹刀がくるのはわかっていたのだろうが、予期していた以上のはやさだったらしく、弥五郎はぎりぎりで受けとめた。

ほう、やるな。ならばこれはどうかな。

直之進は上段から竹刀を落とした。

かろうじて弥五郎は受けた。

なるほど、琢ノ介がほめるだけのことはある。いい勘をしている。

侍だったら子供の頃から教えを受けられたのに、そのことが直之進は惜しかった。これだけの資質を持つ者は、侍でもなかなかいない。

直之進は弥五郎から距離を置き、少し息を入れた。さすがに少し疲れが出ている。

このくらいで息があがりかけるなんて、やはり相当なまっているな。

直之進は体が本調子になったら、徹底して剣の稽古に励むことにした。このままだと、必ず佐之助に殺られてしまう。

このことがわかっただけでも、中西道場に来た甲斐があったというものだ。

直之進が一休みしたのを好機と見たか、どうりゃあ、と弥五郎が再び突進してきた。竹刀を思いきり打ちおろす。

直之進は弾き返した。弥五郎はひるまず、次々に竹刀を繰りだしてくる。竹刀をとめたら命が尽きるとでもいいたげな猛烈さだ。

むろん、直之進の目はすべての竹刀をはっきりととらえていた。佐之助との死闘を経た者にとって、弥五郎の竹刀は重い鎧をつけて五里以上も走った者が振っているかのようだ。

すべての竹刀を打ち返しつつ直之進は、審判役の琢ノ介にちらりと視線を当てた。

もういいか。目顔で語りかける。

琢ノ介がかすかにうなずく。

よし、決めてやるか。

弥五郎はすでにふらふらになっている。それでも攻撃の手をゆるめようとしないのは、いかに根性骨がしっかりしているか、その証だろう。

直之進は、面にきた竹刀をはじめて受けなかった。すっとうしろに下がったのだ。

いきなり手応えがなくなり、弥五郎が前のめりになった。あわてて体勢をととのえようと竹刀をあげた。

そこに直之進は飛びこんでいった。がら空きの胴に竹刀を打ちこむ。びしり。あっ、という声が弥五郎の口からこぼれ落ちる。

直之進は弥五郎からすっと距離を置き、静かに竹刀を正眼に構えた。

「それまでっ。直之進の勝ち」

琢ノ介が宣した。

弥五郎は信じられない顔で、息をぜいぜいと吐いている。

「今、あっしはやられたんですね」

「ああ、胴に入った」

「なにも見えなかった……。前に師範代と立ち合ったときは竹刀が見えなかったけど、今は湯瀬さま自身が消えちまった……」

弥五郎が竹刀をだらりと下げる。

「やっぱり強えや」

「満足したか」

琢ノ介がきく。

「満足なんてできませんよ。あっしも湯瀬さまみたいになりたいって、心の底から思いましたから。これからも精進ですよ」

琢ノ介が弥五郎の肩を叩く。

「その意気だ」

琢ノ介としては、こんなものか、と剣術をなめてもらいたくなかったのだろう。自分とやり合わせることで、剣の奥深さを知ってもらい、さらなる成長をうながしたかったのだ。

弥五郎の目の輝きからして、その目論見はうまくいったようだ。


「どうです、湯瀬さまも行きませんか」

稽古が終わり、着替えを終えたあと弥五郎に誘われた。

「これから、みんなで飲みに行くんですけど。――師範代は行きますよね」

「むろんよ。どうする、直之進」

「ちょっと用事がある。すまんな」

「なんだ、つき合い悪いな」

「そうですよ。湯瀬さま、行きましょうよ」

直之進は首を振った。

「本当に駄目なんだ。また今度誘ってくれ」

甚八のことがある。直之進は道場を出て、早足で歩きだした。

昨日のこともある。

まだ日は十分に高いが、はやめに大塚仲町に着いておいたほうがいい。

四

「まちがいないかい」

富士太郎は勢いこんでたずねた。

「ええ、まちがいないと思いますねえ」

夕方から店をひらくための支度にかかりきりの一膳飯屋のあるじは、死者の人相書にじっと目を落として答えた。人相書は、奉行所の達者が描いてくれたものだ。

「よく食べに来てくれていたお客さんだと思いますよ」

ようやくだね、と富士太郎は思った。ずっと身元につながる手がかりを得ようと、死骸のあがった雑司ヶ谷町から南にくだってきたのだ。

　今、富士太郎と珠吉がいるのは、関口台町だ。関口台町と一口にいっても、飛び地がいくつかあり、二人がいるのは、最も北に位置している町だった。

「あの、この人がどうかしたんですかい」

　人相書を返して、あるじが問う。

「水死したんだよ」

「えっ、そうなんですか。酔っ払って？」

「今、そいつを調べてるんだ」

「あっ、待てよ。――この男の人、夜、食べに来てくれていたんですけど、一度もお酒は召しあがらなかったですねえ」

　富士太郎は瞳を光らせた。

「まちがいないかい」

「ええ、飲めないのか飲まないのかはきいてないですけど、とにかくうちでは一滴も飲まなかったです」

「そうかい。――おまえさん、この男の名を知っているかい」

「いいえ、きいたこと、ないですねえ」

「住んでいるところは？」

「いえ、それも」

「この町の者じゃないってことかい」

「小さな町ですから、住人ならいくらなんでもわかると思うんですよ」

「そうだろうねえ。どんな生業か、話したことはなかったかい」

「なかったですねえ。でも、なりからして、堅気ではない感じがしました」

「堅気じゃないか。たとえば、どんな感じだい」

「遊び人ふうでしたね。どの町にもいるんでしょうけど、博打が好きな人と同じ感じがしていましたね」

「この町にも博打好きな男がいるんだね。その男を訪ねてきたってことは、考えられないかい」

「さあ、あっしにはわかりかねますねえ」

「その博打好きな男、どこに住んでいるんだい」

「行かれるんですか」

「そのつもりだよ。教えてくれないか」

あるじは、自分の名をださないのを条件に語った。

すぐそばだ。道順を頭に叩きこむまでもなかった。

　富士太郎はあるじに問いを続けた。

「この人相書の男、ここには一人で来ていたのかい」

「ええ、そうです」

「一緒に来た者は？」

「いなかったと思いますね」

「よく来ていたといったけど、いつ頃から来ていたんだい」

　あるじが首をひねる。

「そうですねえ、二月《ふたつき》ほど前ですか」

「なにをしにこのあたりに来た、といった話をしたことはなかったかい」

「なかったですねえ」

　富士太郎はうしろに控えている珠吉に、ちらりと視線を投げた。珠吉がかすかにかぶりを振る。

「ありがとうよ、商売の邪魔をして悪かったな」

　富士太郎は珠吉をうながして、一膳飯屋を出た。まず遊び人のところに行ったが、人相書の男のことは知らなかった。嘘をついているようには見えなかった。

「仏さん、この町にはよく来ていたのかもしれないね」

男の長屋を出て、富士太郎はいった。

「そうですね。もう少し当たってみますか」

「名くらい知っている者がいるかもしれないものね」

しかし関口台町では、男を知っている者を見つけることはできなかった。

富士太郎と珠吉は武家屋敷に両側をはさみこまれた道をそのまま東に進み、音羽町のほうに出ようとした。鉄炮《てっぽう》坂と呼ばれる急なくだり坂があり、これをおりてゆけば音羽町に出る。

富士太郎は、くだり坂の前に茶店が出ているのに目をとめた。

饅頭、と染め抜かれた幟《のぼり》が穏やかな風に揺れている。茶店の北側は寺になっており、境内に横合いから入れる、参道でない道があった。茶店はその道の脇に建っている。

富士太郎はうしろを歩く珠吉を見た。顔色は悪いとはいえないが、少し疲れがあらわれている。

「珠吉、その茶店でもこの男のこと、きいてみようか」

「ええ、そうしましょう」

富士太郎は、客のあまり入っていない茶店に入り、縁台に腰かけた。

「姉さん、茶と饅頭を二人分くれないか」

富士太郎は看板娘と思える若い女に注文した。

「えっ、旦那、食べるんですかい」

珠吉が驚く。

「ついでだからさ、ちょっと休んでいこうよ」

「はあ、わかりました」

珠吉が横に腰をおろした。腰につるした手ぬぐいで、額に浮き出た汗をふいている。さすがにほっとした顔をしていた。

すぐに茶と饅頭はやってきた。

「うまそうだね。さっそくいただこうか」

富士太郎は饅頭に手をのばした。ふわりとやわらかい。

これは期待できそうだね、と思った。小さめで、一口で食べられた。咀嚼するまでもなく口のなかで甘い餡が溶けてゆき、茶を流しこむと苦みと甘みが一緒になって、いい香りが口中にぱあと広がる。

「おいしいねえ、珠吉」

「まったくですねえ」

珠吉は顔をほころばせている。その笑顔を見て、富士太郎はうれしかった。

茶のおかわりをもらい、看板娘に人相書を見せた。

「はい、このお方なら存じています」

娘はあっさりといった。

「本当かい」

「ええ、甚八さんですよね」

「この男、甚八というのかい」

看板娘は人相書をあらためて見つめている。

「ええ、まちがいないと思うんですけど。よくお饅頭を召しあがりに来てくださったんですよ。甘い物に目がないらしくて」

看板娘が怪訝そうな瞳を向けてきた。

「甚八さん、どうかされたんですか」

富士太郎は、水死したのを伝えた。

「えっ、そうなんですか。水死……」

「殺されたかもしれないんでね、こうして調べているわけさ」

「ええっ、殺された」

「いや、そんなにびっくりすることはないよ。もしかしたら、そういうことも考えられるというくらいだから」

「でも、まだお若かったのに」

「そのようだね。その甚八だが、生業はなにをしているといっていた」

「いえ、きいたことはありません。遊び人という感じでしたから」

「この茶店には、いつくらいから来ているんだい」

「もう半年以上になるんじゃないですか。お饅頭がおいしいって」

「そうかい。甚八はどこに住んでいるっていっていた」

「それもきいたこと、ありません」

「そうかい」

なにかを思いだそうとするように、娘が額に手を当てている。

「そういえば、前に西心寺《せいしんじ》近くの茶店の饅頭と同じくらいうまいっておっしゃってましたから、もしかしたら、そちらの茶店の方がなにかご存じかもしれませんん」

「西心寺かい。どこにあるんだい」

「小石川大塚上町です」

富士太郎は頭に絵図を描いた。ここからなら、そんなに遠くはない。

「ありがとう。さっそく行ってみるよ」

代を払い、ありがとうございました、という声に送られて、富士太郎と珠吉は茶店をあとにした。

音羽町に出て、道を護国寺のほうに向かう。護国寺の山門前の広道《ひろみち》を右に折れ、東に歩いた。

富士見坂をくだりきったところを左に曲がる。そこはもう小石川大塚上町だ。

西心寺の参道脇に、饅頭と書かれた幟が風にはためいている茶店があった。

「ここだね」

富士太郎は珠吉にいってから、茶店に入りこんだ。店の者に人相書を見てもらう。

「ええ、存じていますよ。甚八さんですね」

あるじの顔色が変わる。

「甚八さん、どうかしたんですか」

富士太郎は教えた。

「水死……、家族にはお知らせになったんですか」

「いや、これからさ。おまえさん、甚八の住みか、知っているのかい」

「詳しくは知らないですけど、大塚仲町っていってましたよ」

大塚仲町か、と富士太郎はほっとした。あれ、待てよ。一度、なにかで来たことがあったような気がする。

あれはなんだったか。そんなに昔の話ではない。

「家族っていうと、誰がいるんだい」

「女房と男の子が一人って、いってましたよ。男の子はまだ五歳だって」

五歳、というのに富士太郎は引っかかった。

はっとする。前に五歳の子供たちがかどわかされたとき、その絡みで大塚仲町にやってきたのだ。

あの子は確か祥吉といったはずだ。米田屋光右衛門の実の娘の子だ。娘はおあきといったのではなかったか。

そういえば、おあきの亭主は甚八という名だったような気がする。

富士太郎は人相書に目を落とした。甚八にあのとき会ったのか覚えはないのだが、この顔は見たことがある気になってきた。

ちがうといいんだけどねえ。

はっきりとは思いだせないままに富士太郎は珠吉とともに、大塚仲町に歩を進めた。

自身番に入り、人相書を見せた。

「ええ、甚八さんですね。まちがいないですよ」

町役人の一人がいい、ほかの者も同意してみせた。

「住みかはわかるんだね。案内してもらえるかい」

「もちろんですよ」

一人の町役人が自身番を出ようとする。

「ちょっと待ってくれないか」

富士太郎は呼びとめた。

「甚八の女房って、おあきさんかい」

「旦那、ご存じなんですかい。——ああ、祥吉ちゃんがさらわれたときですね」

「やっぱりそうなのかい」

富士太郎は悪い予感が当たってしまったことに、暗澹とした。珠吉も、そうだったのか、と呆然としている。

「大丈夫ですか」

町役人にきかれ、富士太郎はうなずいた。

「大丈夫さ。さあ、行こう」

着いたのはこぎれいな一軒家だった。

枝折戸から町役人が訪いを入れる。

濡縁に出てきたのは、きれいな女だった。確かめるまでもない、おあきだ。

疲れた顔をしている。やはりおきく、おれんによく似ていた。

おあきは、富士太郎の黒羽織を見てはっとした。腰に男の子がしがみついている。

ああ、祥吉ちゃんだ。

「旦那はいるかい」

富士太郎は一応、きいてみた。

「いえ、それが昨夜から戻っていないんです。心配しているんですが」

やっぱりかい。これはもう、天地がひっくり返ってもまちがいないねえ。まいったねえ。

おあきが富士太郎を見つめてきた。

「あの、うちの人がなにか」

富士太郎は躊躇した。

「旦那、あっしがいいましょうか」

珠吉が申し出る。

「いや、これはおいらの仕事だよ」

しかし、祥吉のことが気になり、ちらりと視線を投げた。

おあきが敏感に視線を感じ取る。

「この子は大丈夫です」

「わかった。じゃあいうよ」

富士太郎が静かに口にすると、おあきは濡縁からふらっと倒れそうになった。

「大丈夫かい」

富士太郎はあわてて支えた。たくましくなってきたとはいえ、富士太郎自身まだそんなに力がない。珠吉が力を貸したことで、なんとかおあきを支えきった。

「大丈夫かい。布団を敷こうか」

「いえ、大丈夫です」

おあきは気丈にいったが、顔色は青い。

「水を飲むかい」

「いえ、けっこうです。それより、うちの人にまちがいないのですか」

おあきの顔には必死の色が浮かんでいる。なにかのまちがいであってほしい、と瞳が願っている。

「まちがいないよ」

富士太郎は腹に力をこめていった。

「それで、おあきさんに詳しい話をききたいんだ」

「詳しい話をといわれましても……」

おあきが口ごもる。悲しみのせいというより、なにか心当たりがあるのでは、と思わせるものがその表情にはあった。

富士太郎は、背後から近づいてくる足音をきいた。振り向く前に、どうした、という声が耳に飛びこんできた。

――この声は。

富士太郎は、好物のにおいを嗅いだかのようにぱっと振り返った。

「直之進さん」

こんなときとはいえ、弾んでくる気持ちを抑えられない。

「おう、富士太郎さん」

直之進が珠吉にも挨拶する。珠吉が驚いたように返す。

富士太郎は直之進に近づいた。

「直之進さん、どうしてここに」

「いや、ちょっとな。富士太郎さんは、どうして」

富士太郎は事情を話した。

「なんだと」

直之進が驚愕する。

「どうしたんですか」

富士太郎がきいても直之進は答えない。その顔には、後悔が深く刻まれているように見えた。


しくじった。

直之進は頭を殴りつけたかった。もし昨日からはじめていれば、こんなことにはならなかったはずだ。

くそっ。

直之進はおあきの顔が直視できなかった。

「湯瀬さま」

おあきがつぶやくようにいった。

「湯瀬さまのせいじゃありません。気になさらないでください」

そういわれても、やはり責任を感じないわけにはいかない。

「富士太郎さん、死んだのは甚八さんにまちがいないのか」

「ええ、まちがいありません」

「そうか。遺骸はどこに」

「雑司ヶ谷町です」

「おあきさん、行こう。引き取ってこなければな」

「はい」

一緒に祥吉も連れていった。こんなとき、一人で残されるのはいやだろう。もっとも、祥吉はおあきの手を放そうとしなかった。

大塚仲町を出るとき、直之進は自身番に寄り、米田屋に使いをだしてもらうように依頼した。

四半刻ほど歩いて、雑司ヶ谷町の自身番に着いた。

「遺族が見つかったんですね」

町役人が富士太郎に確かめている。ほっとしたものが口調に含まれているのは、仕方のないことだろう。

「ああ、引き取らせてもらうよ」

富士太郎がいい、直之進とおあきを自身番のなかに呼んだ。

土間に筵の盛りあがりがある。

「決まりなんで、確認してください」

富士太郎が筵をめくる。

「あなたっ」

甚八の死骸を目の当たりにして、おあきが悲鳴のような声をあげた。

「あなた、あなた、目を覚ましてください」

それを見て祥吉が、わんわん泣きだした。

直之進は唇を嚙んで、その光景を見ているしかなかった。

しくじったな。

またも、先ほどの思いがよみがえってきた。

五

「富士太郎さん」

直之進は自身番の外に呼びだした。おあきは黙りこみ、土間で甚八の遺骸をじっと見つめている。

「これは殺しなのか」

よく光る目で富士太郎が見返してきた。

「正直いって、よくわかりません。でもそれがしは殺しではないか、と思っています」

「根拠は？」

「江戸で水死する人があとを絶たないのはご存じですか」

「ああ、なんでも酔っ払って橋の欄干を越えてしまうそうだな」

「そうです。水死の場合、酔って、というのが最も多いんです。まだおあきさんに話をきかなければいけないんですけど、甚八さんがよく行っていた一膳飯屋のあるじは、甚八さんは酒を飲まなかったといっています。となると、酔って落ちた、というのは考えにくい」

「殺しも考えられるのだな」

「そういうことです」

富士太郎は深くうなずいた。

「直之進さんは、甚八さんの家にどうしていらしたのです」

直之進は正直に語った。

「なるほど、そういうことですか。甚八さん、金まわりがよかったのですね」

「やはり、このことに絡んで甚八は殺されたと考えたほうがいいのかな」

「そうかもしれませんね」

富士太郎が決意をこめた表情で、深く顎を引く。

「それがしは珠吉とともに一所懸命探索をして、甚八さんを殺した犯人を必ずあげます」

富士太郎の顔には、頼もしさがみなぎっている。本当にたくましくなっている。これで男が好きだなどといわなかったら、おなごが放っておかないのに。

いや、今はそんなことを考えている場合ではなかった。

「頼む」

直之進が信頼をこめていうと、富士太郎は、はい、と答えた。自身番の土間に足を踏み入れ、おあきを呼ぶ。

「一つきかせてほしいんだけど、いいかい。甚八さんは、このところ酒を飲んでいたかい」

おあきが、いえ、といった。

「ここしばらくは、まったくといっていいほど飲みませんでした」

「しばらくというと、どのくらいかな」

「二月《ふたつき》くらいだと思います」

「前は飲んでいたんだね？」

「はい、大好きでしたから」

「そうかい。ありがとうね」

富士太郎がおあきと町役人に挨拶し、直之進にも頭を下げる。

「直之進さん、ではこれで」

「富士太郎さん、甚八さんの人相書だが、余分はあるかな」

「ありますよ」

富士太郎が珠吉に向いた。

「直之進さんに一枚あげとくれ」

どうぞ、と珠吉が懐から人相書を取りだし、直之進に渡す。

「ありがとう」

「どういたしまして。直之進さん、自分で調べを進めるんですね」

富士太郎がきく。

「うむ、そのつもりだ」

「なにかわかったら、それがしにも伝えてくださいね」

「承知している」

「では、これで」

富士太郎は珠吉を引き連れて、去っていった。

直之進は富士太郎たちを見送ってから、自身番の土間に戻った。

「おあきさん、甚八さんはどこに連れてゆく。家か、それとも米田屋かい」

「家にします。あそこがあの人の家ですから、そちらのほうが喜ぶと思います」

町役人が用意してくれた荷車に甚八をのせ、筵をかける。

おあきが曳こうとするそぶりを見せたが、直之進は押しとどめ、自分が曳いた。町役人は二人の小者も貸してくれた。二人は荷車をうしろから押してくれた。

いつからか空が曇り、春を思わせる陽射しは引っこんでいた。冷たい雨が降りだし、雨具の用意のない直之進たちの体を容赦なく叩いた。

寒くて震えが出てきた。

「大丈夫か。寒いだろう」

直之進は振り向き、おあきと一緒に荷車を押している祥吉にたずねた。

「ううん、全然。父ちゃんのほうがきっと寒いよ」

それをきいて、おあきが声をつまらせる。

直之進も言葉を失った。そうか、とだけいって腕に力をこめ、ぬかるみはじめた道を進む。足を取られ、進みにくいことこの上なかったが、なんとか大塚仲町に到着した。

三

すでに連絡を受けた光右衛門やおきく、おれんたちが家に駆けつけていた。三人とも驚愕を隠せない。

「どうしてこんなことに」

荷車の甚八を見て、光右衛門が愕然とする。娘の婿として決して出来のいい男ではなかったが、今は心の底から婿の死を悼んでいた。

「おあき、大丈夫かい」

光右衛門がやさしく声をかける。

「ええ、大丈夫よ」

おあきははっきりと答えた。

直之進と光右衛門で甚八を家に運びこんだ。布団の上に横たえる。

雑司ヶ谷町からついてきた小者たちは、ではこれで失礼いたします、とていねいにいって、荷車を曳いて引きあげていった。

「どうして……」

布団に寝ている甚八を目の当たりにして悲しみが新たになったようで、光右衛門が涙ぐんだ。おきくとおれんは涙をあふれさせていて、逆におあきに慰められていた。

噂をききつけたのか、近所の女房衆がやってきて、悔やみの言葉を述べはじめた。

女房衆はあたしたちにまかせて、というように手慣れた感じで台所に集まり、通夜のための料理の支度をはじめた。

手際のよさは、さすがだった。直之進の故郷の沼里でも同じで、こういうときの女房衆のたくましさには、救われる感じがする。

甚八は棺桶に入れられ、やがて家のなかは線香のにおいが満ちた。もうもうと焚かれ、棺桶の安置された部屋は霧が出てきたかのようだ。

日が暮れ、近所から弔問客が次々にやってきた。僧侶もやってきた。通りのよい声で、読経してくれた。

弔問客のなかには酒を目当てに来ているのでは、と思える者もかなりいたが、そういう者も通夜を執り行う家にとっては、むしろありがたい存在といえた。にぎやかなほうが、悲しみが紛れてありがたい。

僧侶も引きあげて、夜が更けてくると弔問客の姿は目に見えて減りはじめた。

通夜は文字通り夜通しやるもので、遺族は遺骸のそばを離れない。

「湯瀬さま、どうかお休みになってください」

光右衛門が近づいてきていう。

「おなかもお空きになったのではないですか」

「いや、減っておらぬ」

「でも、なにも召しあがっていないじゃないですか」

「米田屋、それはおぬしも同じだろう」

「手前は遺族ですから、当然です」

「甚八に親戚はいないのか」

直之進には気になっていたことだ。甚八側の遺族らしい者が、誰一人姿をあらわさないのだ。

「甚八は天涯孤独の身だったんです。幼い頃にはやり病で母親と兄を亡くし、その二年後に大火で父親と弟を失ったそうですから」

「一人、生き残ったのか」

「ですから、苦労は並大抵のものではなかったようです。最初は親戚の家に預けられていたみたいですが、たらいまわしにされるのがいやで、自分のほうから出ていったらしいですね。親戚とはそれっきりだったようです」

光右衛門が棺桶に目を向ける。

「生まれ育ったのはこの町らしいですよ。せっかくおあきと一緒になり、祥吉という子もできて、これからというときだったのに甚八も無念なんじゃないでしょうか」

光右衛門がため息をつく。

「手前、甚八を店に迎えようかと思っていたんです。湯瀬さまのおかげで、沼里の上屋敷との取引もはじめられましたし」

「そうだったのか。残念だったな」

「ええ、まことに。——湯瀬さま」

しみじみいった光右衛門が一転、低い声で呼びかけてきた。

「甚八は殺されたのでしょうか」

「富士太郎さんもいっていたが——」

直之進はささやくような声で返した。

「まだわからんそうだ。事故と殺し、両方で調べているそうだ。ただ、富士太郎さんの話では、殺しの筋のほうが濃いのでは、ということだった」

「殺しですか。となると、甚八が最近関わっていた仕事に関してでしょうか」

「かもしれん。そのことは、富士太郎さんには話しておいた」

「ああ、さようでしたか」

直之進は姿勢をあらためた。

「すまなかった」

頭を深く下げた。

「湯瀬さま、どうして謝られるのです」

直之進は理由を告げた。

「湯瀬さまのせいじゃございませんよ。湯瀬さまが取りかかろうとしたとき、甚八はすでにいなかったのですから」

光右衛門が頬をふくらませ、それからそっと口にした。

「きっと、これが甚八の寿命だったのでございましょう」

六

昨日の雨の名残が、町の至るところに残っている。

水たまりだけではない。道はまだどろどろだし、屋根瓦も濡れている。木々の葉や枝も水をしたたらせている。

犯人をあげたい。

富士太郎は強い決意を胸に抱いている。どうしてもおいらがあげなくてはならない。

なんといったって、これは米田屋光右衛門の縁者が殺害されたかもしれない事件なのだから。

光右衛門には世話になっている。直之進も光右衛門には世話になっている。つまりおいらにとって、米田屋光右衛門は二重の恩人というわけだ。その米田屋に関わる事件の犯人をおいらがとらえなくて、どうするっていうんだい。

富士太郎は昨日、直之進とおあきからきいた話を思いだした。

甚八は金まわりがよかった。それに、酒をここしばらく飲んでいなかった。

やはりこれは殺しだろう、と判断した。そのことは珠吉も同意してくれた。

通夜が終わり、今頃、葬儀の最中だろう。

「珠吉、葬儀に行ってみようかね」

「いいですね。甚八の知り合いが来るかもしれませんものね」

二人は大塚仲町に足を向けた。

近所の女房たちや大塚仲町に住んでいるらしい者たちが、たくさん出入りしていた。

富士太郎はまず直之進の姿を捜した。光右衛門やおきく、おれんはいたが、直之進は出ているようだった。

次に甚八の友達、知り合いらしい者を見つけようとしたが、一人としていなかった。

友達がいないのだろうか。それとも、まだ死が伝わっていないだけか。

いや、一人だけいた。一吉という男だ。幼なじみだという。だが、つい先日甚八に会ったのが三年ぶりくらいの再会で、ここ最近、甚八がなにをしていたかはまったく知らなかった。

まあ、仕方ないね。

富士太郎は、棺桶のかたわらにじっとしているおあきにあらためて話をきくことにした。母親のそばで泣き疲れたように眠っている祥吉がかわいそうだった。

その姿を見ると、涙が出てきそうで、富士太郎はできるだけ見ないようにした。うしろで珠吉も涙をこらえている様子だった。

あまりしつこくならない程度に話をきいたが、甚八に関しておあきから新たな事実は出てこなかった。甚八が誰とつき合っていたか、おあきはまったく知らなかった。

「すみません……」

おあきはそのことを恥じていた。

「いや、いいんだよ」

それからしばらく粘ってみたが、甚八の友達や知り合いは一人としてやってこなかった。富士太郎は甚八という男の孤独を知った。

それから光右衛門やおきく、おれんにも話をきいた。光右衛門のところに、こ
こしばらく金をせびりに来ていなかったという話は収穫だった。

これも、金まわりのよさからだろう。

甚八の金まわりについては富士太郎は珠吉とすでに話し合っていたが、誰かを
強請《ゆす》っていたのでは、という結論に落ち着いている。

「珠吉、やっぱり強請《ゆすり》に的をしぼって、調べてみようかね」

「それがいいでしょうね」

線香のにおいが充満している家を出て、富士太郎は珠吉とともに歩きはじめ
た。

「甚八は博打好きだったんだよね」

「そうです」

「おととい、甚八は賭場に行こうとしていたのかな」

「でも、湯瀬さまやおあきさんの話だと、ここしばらく甚八は賭場に近づいてい
ないようだったとのことでしたけど」

「それが本当だったかどうか。だって珠吉、博打が好きな者がそんなにたやすく

足を洗えると思うかい」

「そうですねえ。あっしが知っている博打好きは、金さえできればそれがどんな金でも打ちに行っちまうような者ばかりですねえ」

「そうなんだよね。でもおいらが賭場に行こうっていうのは、甚八が親しくしている者がいるんじゃないかって思えるからさ。是非とも親しかった者に話をききたいんだよ」

雑司ヶ谷町に戻り、この町のどこに賭場があるのか知ろうとした。

町役人たちに話をきいたが、雑司ヶ谷町に賭場はいくつかあり、このあたりを縄張とする一人の親分が取り仕切っているとのことだ。

ただしすべての賭場が寺にあり、富士太郎たちは手だしができない。

「珠吉、話をきくのはあきらめるしかないかねえ」

富士太郎は渋い顔でいった。

なにか確証があれば寺社奉行から許しをもらって、境内に入ることはできるのだが、今のままではまず無理だ。

「旦那、やくざ者がやっているんでしたら、賭場じゃなくて、一家《いっか》のほうに行けばいいんじゃないですか」

「ああ、そうか。おいらも焼きがまわったねえ、こんなことも思いつかないなんて」

「いや、そんなこともたまにはありますよ。疲れているんじゃないんですかい」

富士太郎は思わず笑った。

「六十近いじいさんに、そう慰められるとは思わなかったよ」

町役人にやくざ者の家の場所をきき、富士太郎は向かった。

自身番から二町ほど離れたところに建つ、立派な家だった。あくどく儲けていることがよくわかる家だ。

やくざの親分は小平太《こへいた》といった。がま蛙を思わせるでっぷりとした男で、赤ら顔が脂でてらてらと光っている。

「いえ、存じませんねえ」

富士太郎が取りだした甚八の人相書を見て、小平太が首を振る。

「うちは賭場なんてやってないですしねえ」

富士太郎は苦笑を漏らした。うしろで珠吉はあきれているようだ。

「そんな建前はどうでもいいんだ。おいらは賭場の取り締まりに来たわけじゃない。殺しの調べで来たんだよ」

「でなきゃ、そんな人相書は持ち歩かないだろう？」

「さようですねえ」

小平太の瞳が小ずるい光を帯びる。

「旦那、本当に賭場の件で見えたわけじゃあないんですね」

「おまえさんもしつこいねえ。その人相書の男が殺されたんだってさっきからいってるじゃないか」

「申しわけございません」

小平太が大きな体を縮める。

「締めつけが急に厳しくなることもございましてね、些細なことでも気になっちまうんですよ」

小平太があらためて人相書に視線を転じる。

「うちの賭場に来たこと、ないですねえ」

「そうかい。よく見ておくれよ」

「ええ、よく見ているんですけどねえ」

小平太が、おーい、といきなり胴間声をだした。富士太郎はその声の大きさ

「殺しですか」

に、びくりとしたが、なんとか平静を装った。

こんなやくざ者に、なめられるわけにはいかないものね。

「紀田吉《きたきち》、ちょっと来てくれ」

すぐに廊下を渡る足音が響き、障子に影が映った。

「親分、お呼びですかい」

「入ってくれ」

へい、と返事をして紀田吉という男が障子をあけて顔を見せた。

「こちらの旦那のお持ちになっている人相書を見てくれ」

「へい」

紀田吉が膝行《しっこう》する。

「こいつは賭場をまかせてある者でしてね、客の顔はすべて覚えていますよ」

「ほう、そいつはすごいね」

「大事な商売ですから、当然のことですよ」

紀田吉がさらりといい、受け取った人相書を凝視した。

「どうだい」

しばらくの沈黙ののち、富士太郎はきいた。

「このお方は見えたこと、ございません」

きっぱりといった。

「そうかい」

嘘をついている様子には見えなかった。それに、これだけ自信満々にいわれれば、富士太郎としてもすっきりする。

小平太の家を出て、しばらくあてもなく歩いた。

「旦那、どちらに行くんです」

富士太郎は珠吉に顔を向けた。

「どこに行こうか、考えてたんだよ」

「考えはまとまりましたかい」

「大塚仲町に戻るのがいいような気がしてきたよ」

「どうしてですかい」

「甚八が子供の頃から住んでいた町だろ。やっぱり甚八を知っている者は、あの町にいるんじゃないかって思ってさ」

「そうですかい。でしたら、さっそく行きましょう」

二人は大塚仲町に足を踏み入れ、甚八の家の近所を徹底して探索した。

「甚八さんと親しかった者ですか」

　じき昼という頃で、店をあけようとしている蕎麦屋のあるじが首をかしげる。

　店内にはだしのいいにおいが漂っていて、そろそろ空腹を感じていた富士太郎はそそられた。ごくりと唾を飲む。

「存じませんねえ」

「甚八は、ここに食べに来たことはあったのかい」

「そりゃ近所ですから、何度もありますよ。おあきさんや祥吉ちゃんを連れてきたことも」

「ほかに連れてきた者はいないかい」

「いなかったですねえ。たいてい一人でしたから」

「甚八はこの町の出らしいけど、幼なじみみたいな者はいないのかな」

　この問いはおあきにもぶつけたのだが、おあきの返事は一吉のみだった。

「手前は存じませんねえ」

　あるじが申しわけなさそうにいう。

「そうかい。ありがとよ」

　ぐう、と鳴る腹を押さえて富士太郎は蕎麦屋を出た。

「旦那、ここで昼餉にすればいいんじゃないですか」

珠吉が風に揺れる暖簾を指さす。

「珠吉は蕎麦切りでいいかい」

「もちろんですよ。大の好物ですから」

「じゃあ、ここにしよう」

富士太郎は再び暖簾を払った。

「あれ、まだなにか」

「いや、蕎麦切りを食べさせてもらおうと思ってさ」

「さようですか。ではこちらに」

あるじ自ら座敷に案内してくれた。まだ刻限がややはやいこともあり、座敷に客の姿はなかった。富士太郎たちは窓際に陣取った。あるじが衝立を立ててくれる。

富士太郎たちは、ざる蕎麦を二枚ずつ頼んだ。ありがとうございます、とあるじが厨房に去ってゆく。

障子の小窓があけられ、そこから道行く人たちがよく見えた。日が高くなるにつれ、あたたかくなってきて、町人たちはのびやかな姿に思えた。

「珠吉、春も近いねえ」

「そうですねえ。あったかくなってくれると、あっしみたいな年寄りは助かりますよ」

「関節が痛むとかあるのかい」

「そりゃありますよ。特に膝ですかね」

「大丈夫かい」

「大丈夫ですよ。痛いっていっても、あっしの膝はそんなやわじゃないですから」

「そうかい。それだったら、おいらも安心だよ」

でも、いつかは珠吉の代わりは見つけなければならない。ずっとつかい続けるわけにはいかないのだ。はやいところあと釜を捜さないとね、と富士太郎は思った。

やってきたざる蕎麦をすすっていると、だんだんと店は混んできた。

「失礼しますよ」

やや甲高い声がし、遊び人らしい者が近くに座ったのを、富士太郎は衝立越しに見た。

「珠吉、あの男はどうかな。甚八と同じにおいを放っているよ。話をきいたらおもしろいんじゃないかな」

珠吉も男を認めていた。

「確かにそれはいえますね」

喉越しがよいうまい蕎麦切りで、残すのはもったいなく、富士太郎と珠吉はすべてたいらげてから、男のもとに近づいていった。

「ちょっと話をきかせてもらいたいんだけど、いいかい」

「なんですかい」

男は眉をひそめ、警戒の色をあからさまにした。

「おまえさん、この男を知っているかい」

富士太郎は甚八の人相書を見せた。

「ええ、知ってますよ。甚八ですよね。今、線香をあげに行ってきたばかりですよ」

「おまえさん、甚八の友達かい」

「友達とまではいえないかな。遊び仲間ですよ」

「おまえさん、名は？」

「浩助《こうすけ》です」

「なかなかいい名じゃないか。葬儀に行ったという割には、ふつうの格好しているね」

「あの手の着物、あっしは持っていないものですから」

へへへ、と頭をかいて照れ笑いをした。この様子から、浩助には甚八の死を悼む気持ちはほとんどないのがわかった。

「遊び仲間といったが、どういう遊びをする仲なんだい」

座敷のほかの客たちがきき耳を立てている。関心のないのを装っている者がほとんどだが、なかには興味津々という目を向けてきている者もいた。そういう者は珠吉がひとにらみすると、あわてて蕎麦切りを食べるのに専念した。

「飲みに行くとかですよ」

「飲みに行くだけじゃないんだろ」

「いやあ、それ以外にはないですよ」

「博打のことはきかないから、安心しな」

えっ、という顔をする。

「いや、あっしは博打なんて、打ちませんから」

「そういうことでいいよ。甚八とはどこによく飲みに行ってたんだい」

「本当にそれだけでいいんですかい」

「ほかに甚八のことで知っていることがあれば、教えてもらうよ」

「いえ、知りませんよ」

浩助は富士太郎に顔を近づけてきた。

「甚八、事故じゃないんですかい」

「おまえさんが殺したのかい」

浩助が顔色を変える。

「どうしてあっしがそんなこと、しなきゃいけないんです」

「大番屋にでも引っ立てれば、白状するかい」

「大番屋なんて、勘弁してくださいよ」

「わかってるよ。飲み屋はどこだい」

浩助は、一軒の煮売り酒屋を口にした。

「ありがとよ」

浩助の住みかを一応きいてから、富士太郎は代を払って蕎麦屋を出た。

浩助が告げた煮売り酒屋は、来田村《きたむら》といった。

「けっこうしゃれた名だねえ」

店は、蕎麦屋から南に二町ほどくだった、やや奥まった路地に面していた。昼間は一膳飯屋をやっているようで、店はひらいていた。

「甚八さんですか。最近は見えてなかったですね」

店主が答える。

「ですんで、どうしたんだろう、と思っていました。甚八さん、どうかしたんですか」

死んだときいて、店主はさすがに驚いた。

「水死って、やっぱり酔ってですか」

「今のところまだわからないんだよ」

「さようですか。亡くなったときくと、寂しくなっちまいますねえ」

常連だったということで、店主にも感傷めいた気持ちがあるようだ。

「この店には常連が多いのかい」

「ええ、場所があまりよくありませんから、常連さんを多くつくらないとやっていけないもので」

「甚八と親しかった常連は？」

「浩助さんですね。よく一緒に飲みに見えてましたから」

「浩助以外には？」

「ああ、浩助さんにきいて見えたんですか。──そうですねえ、会うとよく親しげに甚八さんとしゃべっていたのは五之助《いつのすけ》さんですか」

「何者だい。どこに住んでいる」

来田村から東へ半町ほど行った裏長屋で、五之助は暮らしているとのことだ。

どぶくさい長屋で、路地から立ちのぼる臭気がよそよりきついように感じられた。長屋自体もかなり古く、大風が吹けば崩れそうな感さえある。これまでずっと火事に遭っていないのが知れた。

「運のいい長屋だねえ」

「まったくですねえ」

珠吉が微笑を浮かべて同意する。

五之助は四畳半一間の店でごろごろしていた。この男も遊び人だ。

眠そうな表情だが、端整な顔をしており、きっと女にそこそこもてるのだろう。女たちに金をたかったり、せびったりしているのが、富士太郎には即座にわかった。

「お役人がこんなぼろ長屋に見えるなんて、珍しいこともあるもんですねえ」

一応は正座してみせたが、頭をがりがりやっていかにも面倒くさそうだ。

「甚八を知っているね？」

富士太郎はかまわず質問をはじめた。

「ええ、この先の来田村って煮売り酒屋でよく会いますよ」

「一緒に飲むだけかい」

「とおっしゃいますと？」

「どこかに遊びに行くとか」

「いや、どこにも行きませんよ。それにあの野郎、最近、来田村に来ないんですよ」

「おまえさん、博打が好きだってね」

五之助の顔色が変わりかける。このことは、来田村の店主からきいたのだ。甚八さんと五之助さんはよく博打の話をしていましたよ、といっていた。

「……誰からきいたか知りませんけど、そんな根も葉もない噂話、お役人ともあろうお方が本気にされちゃあ困りますよ」

「安心しな。博打でひっくくりに来たわけじゃあないよ」

「じゃあ、なんです」

「だから甚八のことだよ」

「甚八のやつ、なにかやらかしたんですかい。だから最近、会わないんですか」

「もう二度と会えないね」

その意味を五之助は察した。

「死んだんですかい」

「うん、おとといの夜ね」

死因も教えた。

「水死ですかい。じゃあ酔って？」

そのことを調べている最中だ、と富士太郎はいった。

「ひょっとして、殺されたかもしれないんですかい」

「考えられないことはないね」

五之助の顔が青くなった。土間に立つ富士太郎と珠吉の顔に、交互に視線を当てる。瞳が波の上でさまよっているかのようだ。

「まさかお役人は、あっしが甚八を殺したと疑っているんじゃあ」

「どうだかな。甚八は最近、金まわりがよくなったそうなんだ。誰かを強請《ゆす》っていたのかもしれない。心当たりはないかい」

「強請《ゆす》っていたって、あいつにそんな度胸、ないと思うんですけどね。いうことは一丁前ですけど、ほんと小心ですから。人を脅して金を取ろうなんてこと、決して考えないと思いますよ」

そうか、と富士太郎は思った。これは、かなり役に立ちそうな話に感じられた。

「甚八とは、よく一緒に賭場へ行っていたんだね。その賭場はどこなんだい。甚八は賭場で、おまえさん以外に親しくしている者がいたかい」

七

息を飲んだ。

千勢は信じられない。膳を畳に置いて目を向けたら、そこにいたのだ。

正座して、じっと千勢を見ている。

瞬きのない瞳は相変わらず鋭い光をたたえているが、千勢に怖さはない。むしろなつかしさがある。

会いに来てくれたのだろうか。千勢は軽く胸を押さえた。心を抑えられない。

　不意に佐之助が口許をゆるませた。

「妙なことはせん。安心してくれ」

　千勢はその言葉に嘘はないのを知った。安堵したが、少し残念な気もしたのは自分でも意外だった。

「元気にしていたか」

「ご覧の通りです」

「寂しくはなかったか」

「いえ、別に」

　千勢はまっすぐ見据えた。

「あなたこそ、どうだったのです」

「どうだった？　寂しくなかったか、きいているのか」

　千勢は息をつめて佐之助の言葉を待った。

「酒をもらおうか」

　千勢はひそかに息を漏らし、膳から取りあげた杯を佐之助に渡した。そのときかすかに指が触れ、千勢はぴくりとした。

顔が赤くなりかける。どうしたの、小娘でもあるまいし。

なにげない顔で徳利を手にし、佐之助の杯を満たす。

「では、いただこう」

佐之助が一気に杯をあけた。目を閉じ、ふう、と軽く息をついた。

「うまいな。おまえさんも飲まんか」

杯を突きだしてくる。佐之助の表情は本当においしそうで、千勢はそそられた。

「いえ、仕事中ですから遠慮しておきます」

「仕事以外だったら飲むのだな」

千勢は答えない。

「もっと飲みますか」

「ふむ、もらおう」

また佐之助は杯をあっという間に干した。まるで水のようだ。

「いつから、こんなに飲むようになったのです」

これでは、と千勢は思った。まるで佐之助の体の心配をしているようだ。

千勢の心を読んだか、佐之助がにやりと笑う。

「だいぶ前だな。晴奈が死んだときか」

晴奈の名が出て、千勢は胸がずきんとした。佐之助の心にはずっと晴奈がいる。どんなことがあっても、佐之助から晴奈を忘れさせることはできないだろう。

「殺し屋なのですから、あまり飲まないほうがいいのではないですか」

「最近は仕事がないのでな」

「暮らしに困らないのですか」

「貯えはそこそこある。だからここにも来られるんだ」

「そうですか」

千勢は徳利が空になったのを知った。

「もっと飲みますか」

「ああ。三本ばかり持ってきてくれ」

千勢は座敷を出た。今なら佐之助を酔い潰せるかもしれない。

酔い潰してどうするのか。千勢は廊下を急ぎながら思った。殺すのか。それとも、直之進に伝えるか。町方でもいいだろうか。

伝えてしまえば、こんなに思い悩むことはもうなくなる。

いや、でも。

三本の徳利を盆にのせ、千勢は座敷に戻った。

「悩んだか」

徳利の酒を杯で受けて、佐之助がきいてきた。

「悩んだようだな。いっそ湯瀬にまかせたほうが、俺とおまえさん、楽になれるだろうからな」

「楽になれる？　なんの話です」

佐之助が手をのばしてきた。千勢の腕をがっちりとつかむ。

「これ以上のことはせん。俺の気持ちはわかっているのだろう」

「あなたの気持ちが、いまだに晴奈さんにあるのはわかっています」

「妬《や》いているのか」

いい当てられて、千勢は動揺した。

佐之助が見つめている。

「知らせたいことがある」

腕を強くつかんだままいう。その痛みが、千勢には心地よいものに感じられた。

「なんです」

佐之助はわずかに間を置いてから口にした。

「甚八という男が死んだ」

「甚八さん？　どなたです」

「知らんか」

佐之助が説明する。

千勢は顔色を変えた。

「まさかあなたが」

「ちがう」

即座に否定する。

「湯瀬のやつ、調べるつもりでいるらしいんでな、少し興味があるだけだ」

千勢は小さく息を吸った。

「まだあの人を狙うつもりですか」

「当然だ」

瞳に鋭い光が宿る。

「やつを殺さねば、俺の心が晴れん。それにおまえさんが——」

そこで言葉を切り、鋭い視線を当ててきた。

「俺のものにならん。やつをこの世から排さん限りな」

八

竹刀が振りおろされる。

直之進に稽古をつけてもらったのはおとといだが、弥五郎の竹刀はさらにはやさを増したようだ。

琢ノ介はぎりぎりで打ち返した。

それにしてもこの男、本当にすげえな。これで、まだはじめて二月《ふたつき》ほどしかたってないっていうんだから。

天賦の才といってよかった。もしかすると、このまま鍛え続ければ、直之進くらいになれるのでは、とすら思える。

わしなんざ、と考えつつ琢ノ介は竹刀を胴に持ってゆく。剣の才はあまりないからなあ。

弥五郎はびしっと打ち返し、逆胴に竹刀を入れてきた。

琢ノ介は受けとめた。どん、と弥五郎を突き放そうとしたが、逆に押されそうになった。

琢ノ介は体勢を立て直した。鍔迫り合いになった。

こいつ、力までつけてやがる。こりゃますます厄介な相手になってきたな。

それでも、まだ琢ノ介には余裕がある。自分がこの道場の師範代でいるあいだは、まず竹刀を入れられることはないだろう。

いや、どうだろうか。弥五郎の成長のはやさは、こちらが考えている以上のものだ。あとどのくらいこの道場の師範代をつとめることになるかわからないが、もし一年もいたら、弥五郎が師範代に君臨し、わしなど叩きだされてしまうのではないか。

それもぞっとしない。こちらだって、子供の頃から必死に剣術に打ちこんできたのだ。

琢ノ介は自分から下がって鍔迫り合いを解いた。離れ際、ここぞとばかりに弥五郎が竹刀を面にぶつけてきた。

その攻撃を予期していた琢ノ介はがしんと弾き返すや、力をこめて胴に竹刀を浴びせた。

あっ、と声を発し、弥五郎が体をひねって避けようとする。竹刀は胴をかすめただけで、弥五郎の顔には、やった、よけた、という表情が浮かんだ。

だが琢ノ介はそこまで計算ずみだった。弥五郎がどう動くか読んでおり、すでに先まわりしていた。

あっ。再び同じ声を弥五郎がだす。琢ノ介は容赦なく面に竹刀を打ちこんだ。

弥五郎が尻からへたりこむ。

「痛え。くそっ、やられた」

顔をしかめて悔しがる。

「師範代、本気をだしましたね」

琢ノ介は面を取り、笑いかけた。

「本気をださないと、やられちまうものでな」

「脳天にずんと響きましたよ。明日の仕事にも響きますよ」

「気持ちいいだろ」

「まあ、ここまでやられますとね」

弥五郎が笑顔で立ちあがる。

「よし、今日はこれで終わりだ」

琢ノ介はみんなにも告げた。

「師範代、今夜も行きますか」

「むろんよ。こんなに汗をかいて、酒を入れてやらなかったら、体が怒るだろう」

「そうでしょうねえ」

四半刻後、いつもの伊豆見屋で待ち合わせということになった。

着替えを終えた門人たちが、次々に帰ってゆく。

琢ノ介は庭で水をかぶった。

「ひゃあ、冷てえなあ」

だが、稽古の終わりにこうして水浴びをする心地よさはなにものにも代えがたく、冬のさなかでも琢ノ介はやめない。このあたり、北国の寒さにずっと耐えてきた者にとって、春になろうかというこの時季の江戸は十分すぎるほどあたたかい。

ただし、と琢ノ介は思った。このところ、体が慣れてきたのか、以前にくらべたら江戸の冬がずいぶんと厳しく感じられるようになっている。

手ぬぐいで体をふき、自室に戻って着替えをする。

道場主の中西悦之進の部屋に向かう。敷居際でなかに声をかけた。

「平川さん、お入りください」

小さく咳をしている。

琢ノ介は襖をあけた。布団にくるまっている悦之進の姿が見えた。

琢ノ介は枕元に正座した。

「大丈夫ですか」

「ええ、なんとか。咳が出るくらいです。熱はたいしてありません」

そのようだった。風邪っぴきとは思えないほど、顔色はいい。

「稽古は終わったようですね」

「はい、無事に」

「よかった」

にっこりと笑う。邪気のない笑顔で、こういうところが風邪の引きやすさにもつながるのかなあ、と琢ノ介は思う。わしなど邪気のかたまりだろうからな。

「今夜も皆と行かれるのですか」

「ええ、これから。毎晩、飲んでいてみんなよく平気だと思いますよ」

「平川さんも頑丈ですね」

「いえいえ、そろそろがたがくるかもしれません」

「気をつけて行ってください」

「承知しています」

伊豆見屋に向かってしばらく歩いたとき、懐が軽いのに気づいた。

あれ。懐を探る。ちっ、と舌打ちした。財布を忘れた。

そうか、部屋に置き忘れた。

まだ二町ほどしか歩いていなかったが、喉が酒を求めていて、戻るのはかなり億劫だった。だが、門人たちにおごらせるわけにはいかない。

やれやれ。二町を歩いて戻り、財布を懐に大事にしまい入れて、琢ノ介は道場を出ようとした。

入口から、どやどやと数名の侍が入ってきた。

なんだ。琢ノ介は驚いて立ちどまった。侍たちも琢ノ介に気づき、ぎょっとした。

侍は五名ばかりだ。若いのもいれば、琢ノ介ほどの歳と思える者もいた。いずれも浪人のようだ。

「これは師範代どのかな」

先頭の侍がにこりと笑う。その笑いに琢ノ介は悦之進に通ずるものを感じた。

「それがしどもは、道場主を訪ねてきた者にござる。押しこみなどではござらぬゆえ、ご安心願いたい」

「さようか」

琢ノ介は案じ顔をした。

「道場主は風邪を召されて、寝ていらっしゃるが」

「存じておる。見舞いに来たのですよ」

五人とも礼儀正しい。悪さをするような男たちに見えない。

「では、それがしはこれにて」

琢ノ介は挨拶して外に出た。

なんだろう、今の連中。

琢ノ介は振り返って、道場を見つめた。中西悦之進が旗本だったときの知り合いだろうか。

そういうことかもしれない。

今の者たち、これまでも道場に来たことがあったのだろうか。

そうだとして、はじめて会ったというのは不思議な感じがする。

わしが外に出るのを待って、道場主に会いに来た、ということはないのだろうか。

昨夜はそんなに飲まなかったから、酒はほとんど残っていない。

それでも琢ノ介は井戸で顔を洗い、しゃきっとした。

悦之進の妻の秋穂が、朝餉の支度ができたといってくれた。

琢ノ介は台所脇の部屋に行き、箱膳の前に座った。秋穂があたたかな味噌汁を持ってきてくれる。具はわかめだ。

「道場主の具合はいかがですか」

琢ノ介はきいた。

「だいぶよいようです」

「そうですか。道場主にききたいことがあるのですが、よろしいですかね」

「平川さま、どんなことでしょう」

琢ノ介は昨日のことを話した。

「ああ、あの人たちのことですか。わかりました。ちょっときいてまいりますから、少々お待ちください」

　そのあいだ、琢ノ介は飯を食べた。主菜は納豆だ。よく練ってから、たっぷりとご飯の上にのせるのが好きだ。

　がつがつとかきこむ。味噌汁をずーと音を立てて飲む。

　こうして豪快に食べたほうが飯というのはうまい。

　急須から茶碗に茶を注ごうとしたとき、秋穂が戻ってきた。

「お話ししてもいいそうです。お茶を飲まれたら、どうぞ」

　琢ノ介は茶をふうふうと冷ましてから、飲みほした。少し熱かったが、我慢した。

　悦之進の部屋の前に行き、呼びかける。

「平川さん、入ってください」

　明るい声が返ってきた。ずいぶん元気になっている。昨日の見舞客がきいたのかもしれない。

　琢ノ介は部屋に入った。

「申しわけない。突然、無礼なことを申しあげて」

　悦之進は文机の前に正座して、書見をしていた。ぱたりと書を閉じる。

「いや、無礼なんてことはありませんよ。昨日、鉢合わせしたそうですね。平川さんが驚くのも無理はありません」

悦之進が微笑を浮かべた。

「昨日の五人は我が家臣だったのです」

「家臣ですか。ということは、道場主は殿さまだったわけですね」

「いえ、まだ跡取りでした。小禄の旗本です。わずか七百石です」

「七百石なら、立派なものですよ。それがしは百二十石でしたから」

「ほう、そうでしたか。平川さんは北国の出とのことでしたね」

「そうです。とある大名家に仕えていたのですが、しくじりを犯し、今はこうして浪々の身です」

「そうですか。しくじりといえば、それがしの父も犯したのですよ」

「ほう。どのようなものです」

琢ノ介はすぐにつけ加えた。

「おっしゃりたくないのでしたら、無理にはききません」

「いえ、かまいませんよ」

悦之進はきっぱりといい、話した。

「父は勘定方につとめていました」

ほう、わしと同じではないか、と琢ノ介は思った。

「せがれのそれがしが申すのもなんですが、とても実直な人間でした。今考えれば、七百石という禄を守るのに、汲々としていたともいえるのでしょうが」

「禄を守るのは、侍としては当然のつとめですよ」

「そうおっしゃっていただけると、とてもうれしい」

悦之進は端整な顔に笑みを刻んだ。思いだしたように真剣な表情に戻る。

「しくじりと申しても、厳密にいえば、しくじりとはちがうものかもしれません」

「どういうことでしょう」

「父は濡衣を着せられただけ、とそれがしは思っています」

「濡衣ですか」

「はい。つかいこみです」

琢ノ介は言葉をなくした。

「ある日、いきなり上役の調べが入ったそうです。それで千両以上もの穴が見つかったそうなのです。それで、父がそのつかいこみの犯人にされ、切腹ということに」

「お父上は、お認めになったのですか」

「いえ。しかし、いい逃れのできぬ証拠があったそうなのです」

「それはなんだったのですか」

「わかりません」

悦之進はうなだれた。

「とにかく中西家は取り潰しになりました。それが五年ばかり前のことです。なんとかこうして道場をやれるようになり、それがしは生きています。これも平川さんのような人に恵まれたからです」

「いえ、そのようなことはありません。昨日の五人の方たちも、力を貸してくれたのですね」

「その通りです。ここを見つけてくれたのも、あの者たちです」

「そうだったのですか」

「みんな浪人です。今は、仕官の道はほとんど閉ざされてますからね。なかには暮らしがきつい者もいます。そういう者に、それがしは少しでも足しになるように金銭を……。施しのつもりは一切ありませんよ。恩返しですね」

そういうことだったのか、と琢ノ介はなんとなくだが、納得した。

人が生きてゆくのに、江戸も北国も関係なかった。いろいろなことが、どこに住んでいようと、それぞれの身の上に降りかかるものなのだ。

第四章

一

富士太郎は、目の前の一軒家を見あげた。

「ここかな、珠吉」

大きな二階屋。そのまま料亭にできそうなつくりだ。

「そうみたいですね」

場所は駒込肴町《こまごめさかなちょう》。この町の名の由来は、以前、魚を商う者が住まっていたから、と富士太郎はきいたことがある。中山道から一町ほど東に行ったところにある町だ。

格子戸をくぐり抜ける。

途端に、濡縁の先の障子があいた。凶悪そうな目をした男が顔を突きだしてきた。

　子分のようだ。一人ではなく、何人かその部屋にいるらしい。

「これはお役人。なにかご用ですかい」

　一人が濡縁に立ち、きいてきた。

「篤造《とくぞう》親分に会いたい」

　やくざ者の家といっても、妾宅だ。

「どんなご用です」

「それは親分にじかにいうよ」

「さいですかい。ちょっとお待ちください。会えるかどうか、きいてまいりますんで」

「ちょっと待ちな」

　体をひるがえそうとした子分を、富士太郎は呼びとめた。

「会うかどうか決めるのは親分じゃないよ。おいらさ。おいらが会いたいっていっているんだから、篤造親分が会うのはもう決まったことなんだよ。わかっているのかい」

　一瞬、この若造がなにをいってるんだ、という目つきをしかけたが、子分はなにもいわずに奥に引っこんだ。

「お待たせしました」

頭が真っ白で、冥土に半分行きかけたような男が濡縁に出てきた。顔色は枯れ葉のようだ。声も、痰がつまったようにだいぶしわがれている。

「うちの者がご無礼をはたらいたようで、失礼いたしました。今、とっちめておきましたから」

「そんなこと、しなくてもいいよ。おまえさんが篤造親分かい」

「はい、さようでございます」

「ちょっと話をきかせてもらいたいんだ」

「さようですか。では、むさ苦しいところですが、おあがりください」

「いや、いいよ、ここで」

富士太郎は濡縁を指さした。

「今日は天気もいいし、あったかだ。わざわざ暗いところに入ることはないさ」

「暗いところでございますか」

ちらりと背後に視線を投げた篤造が、薄い頬のしわを深めて、ふふ、と笑う。

「さようでございますねえ」

富士太郎は空を見あげた。靄がかかっていて、すっきりとした青空というわけではないが、高くのぼった太陽はいかにも居心地よさげに熱を放っている。

「座らせてもらうよ」

「あっしになど断る必要はございませんよ。座るかどうか決めるのは旦那ですから」

「皮肉かい」

富士太郎はねめつけた。珠吉も、篤造をじっと見ている。

「とんでもございません」

小ずるそうに目を光らせた篤造が小腰をかがめる。

「失礼を申しあげました」

富士太郎は濡縁に腰かけた。珠吉はそばに立ったままだ。

篤造は座敷の敷居際に正座しようとして、とどまった。

「あの、座布団を敷いてもよろしいですか。膝が悪いものですから」

「かまわないよ。なんなら膝を崩してもらってもいい」

「いえ、そいつは町方の旦那の前ではできませんよ」

子分が持ってきた厚い座布団に、篤造が正座する。

「おい、お茶をお持ちしな」

へい、と子分が答える。

「いや、そんなのはいらないよ。飲む気はないからね」

「さようですかい」

鼻白んだ表情が垣間見えたが、焼け石に落ちた水滴のように一瞬で消え去った。

少しは、と富士太郎は思った。おいらも駆け引きに長けてきたかね。

「それで旦那、話というのはどんなことでしょう」

「この男を知っているかい」

富士太郎は懐から人相書を取りだした。

「どれどれ」

手にした篤造が人相書を見つめる。

「ああ、顔は見たことありますよ。名はなんといいましたかねえ」

首をひねって考えている。

「思いだしました」

ぱしんと膝を打つ。年寄りとは思えないほど、いい音が響く。

「甚八さんじゃないですか」

「その通りだ」

「やはりそうですかい。この歳になると、人の顔と名が結びつきませんで、こういうことでもひどくうれしいんですよ」

「甚八だが、よく知っているのかい」

「こんなこと、お役人に申しあげてよろしいのかわかりませんけど、うちの賭場によく来てくれますよ」

「そうらしいな。おまえさん、いまだに子分に賭場はまかせず、自分で帳場も取り仕切っているらしいじゃないか」

「ええ、そうですよ。ああいう熱気の渦巻くところに身を置いていれば、ぼけずにすみますからねえ。――甚八さん、どうかしたんですかい」

「気になるかい」

「そりゃなりますよ。こうしてお役人が話をききに来たってことは、なにかあったに決まってますからねえ」

「死んだんだ。殺されたよ」

「それで、犯人捜しで見えたということですかい」

富士太郎は答えず、顔を篤造に近づけた。

「あんまり驚かないんだね」

「いえ、これでも驚いているんですよ」

富士太郎は顔を離した。

「甚八の最近の様子はどうだった」

篤造が困った顔をする。

「最近の様子といわれましても、ここ二ヶ月以上、賭場に来てなかったですよ」

「そうらしいね」

「なんだ、知っているんですかい。でしたら、どうしてあっしのところに」

それは、五之助という遊び人におまえさんのことをきいたからだよ。心のなかでいって、富士太郎は篤造を注意深く見た。

干あがっていたような顔に、いつしか汗がうっすらと浮かんでいる。

「汗をかいているね。暑いのかい」

「もともと汗っかきなんですよ」

「まだ冬の終わりだよ」

「汗っかきに季節は関係ないんですよ」

「そういうものなのかい」

　富士太郎は一瞥してから、やや方向を変えた。

「甚八が賭場で仲のよかった者は？」

「いませんね」

　篤造があっさりと答える。

「いつも一人でしたよ」

「甚八がおまえさんの賭場にやってきたのは誰かの紹介かい」

「ああ、最初のきっかけはなんだったんでしょうかね。五之助さんだったかな、あの人が連れてきたような気がしますねえ。旦那、五之助さんとはもう会ったんですかい。会ってるんでしょうねえ。じゃなきゃ、ここに旦那は見えてないでしょうからねえ」

　これ以上、きくことが思いつかず、富士太郎は珠吉をうながして外に出た。

「篤造の野郎、なんか気になるねえ」

「あっしもそう思いますよ」

「珠吉、なにが気になるんだと思う」

「さあ、どうしてでしょうねえ。いやな野郎だからじゃないですかね」

その後、富士太郎は珠吉とともにおあきの家に行き、もう一度甚八のことをきいた。しつこいと思われるのは覚悟の上だ。

おあきは悲しみを新たにしていた。祥吉は父親の死を解したようで、これまで以上に激しく泣いていた。光右衛門やおきく、おれんが頭をなでて慰めている。

直之進の姿は見えない。やはり、自分一人で探索をはじめたようだ。責任を感じているのだろう。

いかにも直之進さんらしいねえ、と富士太郎は惚れ直した。人相書を手に、いろいろなところをまわっているのだろうか。

どうせなら、一緒に調べたいねえ。でも、手わけしたほうがいいに決まっているものねえ。

富士太郎は再び光右衛門やおきく、おれんに話をきいたが、手がかりにつながりそうな話をきくことはできなかった。

光右衛門が力なく首を振る。

「手前はなにも知らなかったですねえ」

「なんのことだい」

「甚八のことですよ。婿なのに、本当になにも知らなかったんですよ。なにもしてやれなかったし。舅としてこんなに恥ずかしいことはありませんよ」

富士太郎には、慰めようもなかった。はやくときがたち、光右衛門の気持ちが少しでも晴れるように祈るしかできることはない。

富士太郎と珠吉はおあきの家を出た。

「旦那、次はどうします」

「そうだねえ。ここは大本《おおもと》に立ち返ろうか」

「大本といいますと？」

「甚八の死骸の見つかったところに行ってみるのさ」

「なるほど、大本ってのはそういう意味ですか」

二人は雑司ヶ谷町に行った。

相変わらず、江戸の端という感じのする町だ。それでも、近くに鬼子母神があるから、昼間はかなりにぎわっている。

ききこみをしてみた。ほかの同心がすでにしているが、あらためて行ってみて悪いことはない。

新たになにかを思いだした者がいたり、これまで見つけられなかった目撃者とめぐり会えたりすることだってある。

しかし、結局富士太郎と珠吉はそんな幸運には恵まれなかった。

そうこうしているうちに太陽は沈みはじめ、西の空が夕焼けに染まった。

「珠吉、明日もいい天気になりそうだねえ」

「そうですね。雨も降らないと困りますけど、晴れてくれたほうがやっぱりありがたいですものねえ」

「そうだね。それにしても珠吉、あの夕焼けを見てると、柿が食いたくならないかい」

「なるほど、熟し柿そのものの色ですねえ。喉が鳴りますよ」

「でも柿の時季は秋だから、だいぶ待たないといけないねえ」

「待つのが楽しいんですよ」

そんなことをいい合いながら、富士太郎と珠吉は篤造一家が仕切っている賭場の前にやってきた。

場所は下駒込村。新称《しんしょうじ》寺という寺が賭場になっている。

山門の前に一家の者がたむろしている。

富士太郎は境内に足を踏み入れるわけにはいかないが、賭場にやってくる客が境内に入る前に、話をきくことはできた。以前は門前町に町方が入るのすら駄目だったらしいが、今はそんなことはない。やはり探索に支障が出るからだ。

しかし、一人として甚八のことをよく知る者に出会うことはなかった。

二

だいたいこのあたりだろうな。

直之進は立ちどまった。提灯をまわしてみる。

まわりは寺がほとんどだ。ここはおあきが甚八をつけて見失った場所だ。刻限もほぼ同じといっていい。

人けはまったくといっていいほどない。

この町は、おあきによれば、牛込通寺町《うしごめとおりてら》だ。町屋も並んで建っているが、寺の門前ということもあるのか、煮売り酒屋のような明るい提灯を掲げている店などない。町は、暗い闇の海に静かに沈んでいる。

直之進は左手で顎をなでさすった。こんな寂しいところに甚八はなにしに来たのか。

賭場だろうか。寺といえば、すぐにそれが思い浮かぶ。

だが、ここしばらく甚八が博打から遠ざかっていたというおあきの言葉がある。これは、まちがいないのではないか。

光右衛門のもとにも金をたかりに来なかったというし、金まわりがよくなったことで逆に賭場に行こうとする気が失せたのではないか。

賭場でないとしたら、甚八はなんのためにこんなところまでやってきたのか。

目的があったのはまずまちがいないだろう。

その目的とはなんなのか。

実際、昼間にもこの町には来て、行きから町人にいろいろ話をきいてまわった。だが、収穫となるようなものは得られなかった。

ここはあきらめず、足をつかって調べるしかないだろうな。

直之進は提灯を手に、町をうろつきまわった。なにか興味を惹かれるようなことはないか、必死に瞳を凝らし続けた。

不意に風が吹きつけてきた。目の前が広々としており、風の通り道になっているのだ。

材木が置かれている広場だ。人の気配が濃密にしている。

なんだ、ここは。

直之進はわけがわからないまま見渡した。

道をやってきた男が不意に広場に入ってきた。立ちどまり、提灯を吹き消す。提灯をつけている直之進に、責めるような瞳を向けてきた。

直之進はじっと見返した。

田舎者か、と暗闇のなかで男の唇が動いたように見えた。男は夜の向こうに姿を消した。

どういう意味だ。

広場を眺めているうち、脂粉らしいにおいが風にのって流れてくるのに気づいた。提灯を消す。

そうすると、全体が見えてきた。はじめてここがなんなのか、わかった。

筵を手にした夜鷹がたむろしている。それもかなりの数だ。そうして見ていると、冷やかすように歩いている男も数多く見えてきた。

かすかに女のうめき声が届いた。いかにもつくったような、白々しいうめき声に直之進にはきこえた。

まさか、と思う。ここが甚八の目的だったのだろうか。おあきという美しい女房がいて、夜鷹を買うような真似をするだろうか。

わからない。

筵を抱くようにしている女が一人、近づいてきた。

「お侍、どう？」

どうしようか、と直之進は迷った。むろん、買うつもりはない。この女に話をきくべきなのか。

「あーら、いい男ねえ。本当にどう、お侍、あたしと」

直之進は意を決した。懐から富士太郎からもらった人相書を取りだし、提灯に火をつけた。

夜鷹は厚化粧をしていた。若く見せようとしているが、提灯の淡い光の下でも、この女が五十近いのは見て取れた。

これでも商売になるのだな、と直之進は感心した。

「この男なんだけど、知らないかい」

できるだけやさしくきく。夜鷹がしなだれかかってくる。

息がつまりそうな脂粉のにおいだ。

このままでは米田屋には帰れんな、と直之進は思った。光右衛門になにをいわれるかわからないし、おきく、おれんにも誤解されかねない。

人相書を手にして女が軽くうなずく。

「知ってますよ」

いきなりいわれて、直之進は驚いた。

「本当か」

「ええ、本当ですよ。名は知りませんけど、何度かここに来たこと、ありますから」

「では、この男はここで？」

いいえ、と女が首を振る。

「あたしたちを買うようなことはなかったですよ。ただひたすら、あたしたちの顔を見定めていましたねえ」

「どういうことかな。人を捜していたのか」

「ちがうと思いますよ。ただ、本当にあたしたちの顔をじっと見ているだけだったの。人捜しという感じじゃなかったわ」

夜鷹が直之進の首に手をまわし、抱きついてきた。

「お侍、本当にあたしとどう」

「放してくれんか。この男のことを調べなきゃいかんのでな」

「あたしとしてから調べりゃいいじゃないの。お代はいらないから」

「いや、本当にすまんな」

女の腕を引きはがし、人相書を取り戻してから、すまんな、ともう一度いって直之進はその場を離れた。

「もう、あっちのほうが役に立たないんじゃないの」

女が毒づく声を背に、まいったな、と直之進は思った。背筋に汗をかいている。こういう場所はどうも性に合わん。

それでも、すぐに引きあげるわけにはいかない。

それから何人か、客のついていない女と話した。

甚八は、やはり女の顔をじっと見ていただけのようだ。

これはなんなのか。品定めと考えていいのか。

本当は買うつもりで夜鷹の集まる場所にやってきたが、めがねにかなう女がいなかったためになにもせずに引きあげた。こう考えるべきなのか。

今夜のところはこれ以上粘ってもなにも得られそうにない、と判断し、直之進は米田屋に帰った。

光右衛門やおきく、おれんの三人はおあきの家から米田屋に戻ってきていた。

案の定、脂粉のにおいを指摘されたが、直之進がなにをしていたか説明すると、光右衛門は納得した。

翌朝はやく、直之進は町奉行所に行き、ちょうど出仕してきた富士太郎に表門のところで会った。

「あれ、直之進さん、おはようございます」

「おはよう」

「どうしたんです、こんなにはやく」

「富士太郎さんに会いに来たんだ」

「ええっ、本当ですか」

富士太郎は躍りあがらんばかりに喜んだ。

「伝えたいことがあってな」

「伝えたいこと？　なんですか」

富士太郎は明らかにどきどきしている。誤解もはなはだしかったが、直之進はつとめて冷静に話した。

きき終えた富士太郎が真剣な顔になる。

「甚八さん、夜鷹の集まるところに行ってたんですか」

「どうもそうらしい」

「女たちの顔をじろじろ見ていたんですか。やはり品定めじゃないんですかね」

「俺もそう思ったが、なにかしっくりこないんだ」

「そうですか。でしたら、夜鷹に詳しい先輩がいるかもしれません。ちょっと詰所できいてきます。ここで待っていてもらえますか」

「もちろんだ」

そんなには待たなかった。直之進が煙草のみなら、一服吸いつけたくらいのときでしかなかった。

富士太郎は珠吉をともなって戻ってきた。

直之進は珠吉と挨拶をかわした。

「珠吉が夜鷹の古株のことを知っているというものですから。これから行きましょう」

「俺も一緒にいいのか」

「もちろんですよ。ここで帰るなんて、それがしが許しませんよ」

着いたのは、昨夜、直之進が行った夜鷹の集まる場所近くの町だ。富士太郎によれば、牛込天神町《うしごめてんじん》とのことだった。

「こちらですよ」

一軒の家の前で、ここまで先導してきた珠吉が足をとめた。

「ここに夜鷹の古株がいるのかい。珠吉とはどういう関係なんだい」

ここまでじっと我慢してきて、ついに耐えきれなくなったらしい富士太郎がたずねた。直之進も知りたかった。

「いえ、昔、旦那のお父上に仕えているとき、ちょっと助けてやったことがあるんですよ」

「助けたってどんなことだったんだい」

「そいつはそのうち話しますよ。先に話をききましょう」

「そうだね」

枝折戸を抜けた珠吉が庭に立ち、訪いを入れる。なにも応えがない。不在なのか、と直之進は思いつつ、せまい庭を眺めた。まだ咲いていないが、たくさんの花が植えられているのがわかった。時季になれば、きっと多くの花で埋まるのだろう。

もう一度、珠吉が声をかける。

「どちらさんですか」

女の声がきこえ、障子があいた。

顔を見せたのは、老婆だった。もう六十を確実にすぎている。

「あれ、珠吉さんじゃないですか」

女がぺこりと頭を下げる。そういう仕草にはまだ若さがいくらか残っている。

「お美加《みか》さん、元気そうだね」

「おかげさまで」

笑うと、しわがいくつもの谷を顔につくりあげる。

「今も商売に精だしてますからねえ、それがいいんでしょう」

直之進はびっくりした。富士太郎も同じようだ。

「もう毎晩の働きはつらいですけど、まだまだがんばってますよ。月に十日は働きに出ますからねえ」

お美加と呼ばれた女は濡縁に横座りになった。裾があらわになり、顔をそむけるわけにはいかず、直之進はそこに目を向けないように力をこめた。

お美加が直之進に顔を向けてきた。

「いい男ねえ。どう、あたしと？」

「遠慮しとくよ」

直之進が答える前に、富士太郎が断固としていった。

「あたしは、お役人にきいてるわけじゃないんですけどねえ」

お美加が富士太郎をしげしげと見る。

「なーんだ。お役人、そっちのほうですか。それなら納得だ」

再び直之進に視線を当ててきた。

「こう見えても、今でも客はつくんですよ」

直之進はさすがにぞっとした。

「おや、いやそうな顔しましたね」

ちくりと刺すような口調でいって、お美加がにんまりと笑う。

「歳を取っているからって、見くびっちゃあいけませんよ。顔はひからびてるけど、下はまだしっとりとしてるんだから。ねえ、どうです、試してみませんか」

本気の顔だ。瞳が濡れたような輝きを放っている。

蜘蛛の巣に絡め取られた獲物のような気持ちになった。直之進はこの場を逃げだしたかった。

「いや、お美加さん。今日はそういう用件で来たんじゃないんだ」

珠吉が助け船をだしてくれた。

「こいつを見てほしいんだよ」

甚八の人相書を差しだした。

「ああ、知ってるわよ」

一目見て、お美加が深くうなずく。

「いろいろと、あたしのお仲間を見てまわっている人だわね」

「そうか、知っているのか」

珠吉がお美加に顔を近づける。

「この人は甚八さんというんだ。どうしてお美加さんの仲間の顔を見てまわったか、理由はわかるかい」

「さあ」

お美加が首をひねる。

「品定めじゃないかしら」

「お美加さんもそう思うのか」

「ええ、だってあたしたちの顔を見るっていったら、それしか考えられないでしょ」

「まあ、そうなんだよな」

　珠吉が富士太郎を振り返り、どうしますか、と目できいている。富士太郎は引きあげようか、といおうとしたようだ。

「そういえば――」

　お美加が思いだした顔をする。

「甚八さんでしたね、この人に夜鷹をやめるようにいわれた娘《こ》がいますよ」

「娘ってことは、若いんだね」

　これは富士太郎がきいた。

「ええ、そうですよ。あたしのようなばあさんじゃないですよ」

「甚八にやめるようにいわれたのは、その娘一人かい」

「ええ、そうだと思います。その娘は夜鷹にしておくにはもったいないような、きれいな娘なんですけどね」

「どこにいる、その娘は」

「まさか引っ立てないですよね」

「もちろんだ。その気で来ているんだったら、まずおまえさんを引っ立てるよ」

　お美加が微笑を浮かべる。

「それはあたしを現役って認めてくだすったんですね」

三

娘はお理津《りつ》といい、裏店住まいだった。家族がいるのかと思ったが、一人で暮らしているとのことだ。

いきなり町方役人が訪ねてきたことに、驚いていたが、すぐに冷静さを取り戻した。

直之進は、このあたりにお理津の聡明さがあらわれているような気がした。

「親兄弟はどうしたんだい」

富士太郎がきいた。

「死にわかれました」

小さな声で、ぽつりという。

確かに、と直之進は思った。きれいな娘だ。どうして夜鷹などしているのだろう。

濃い眉毛の下の目は黒々とし、やや上を向いた鼻も形がいい。口は小さく、桃色の唇はふっくらとしている。

「おまえさん、本当に夜鷹を生業にしているのかい」

同じ疑問を抱いたようで、富士太郎がただす。

「昼間は一膳飯屋で働いています」

「今日は？」

「おとといから、旦那さん夫婦が風邪を引いてしまって休みなんです」

「その一膳飯屋、おまえさん目当ての客も多いんじゃないのかい」

「私目当てではないでしょうけれど、お店は繁盛しています」

「だったら、どうして夜も働いているんだい」

富士太郎がきく。

「昼間の稼ぎじゃ、暮らすのに不足が出るのかい」

「いえ、そんなことはありません。お金を貯めているのは事実です。私には許嫁がいますから」

「ええっ、そうなのかい。許嫁は夜鷹のこと、知っているのかい」

「いえ、知りませんよ」

お理津が頬をゆるませる。

「知れたら破談でしょうね」

「そりゃそうだろうね」

富士太郎が息を飲む。

「なのに、どうして夜鷹をしているんだい」

お理津は恥ずかしそうに黙りこんだ。

「どうしたんだい。答えにくいのかい」

「はい」

「そうかい、それじゃあ、きかないよ」

富士太郎は甚八のことに話題を移そうとしたらしく、懐に手を入れ、人相書を取りだした。

「好きなんです、私」

お理津がいきなり口をひらく。

「好きってなにがだい」

「あたし、いろいろな人とするのが好きでならないんですよ」

「ええっ、そうなのかい」

直之進もびっくりした。横で珠吉も呆然と立ちすくんでいる。

「そうなんです。汚されている感じがすごくいいんです。あんなに気持ちいいことして、しかもお金をもらえるなんて本当にうれしいんです」

いつしか、お理津の頬が生き生きと輝いている。

こんな娘もいるのか、と直之進は世間の広さを思い知った。

「でもさ、一膳飯屋のお客さんが来たりすることはないのかい」

「ありますよ」

なんでもないことのようにいった。

「ですけど、厚化粧しているから気づきませんよ」

「相手をしたこともあるのかい」

「もちろんですよ。その翌日に、恋文をもらったこともあります。今度一緒に食事に行きませんかって。昨夜、私のこと、買ったばかりなのに」

手を口に当て、おかしそうに笑う。

直之進は、この娘を聡明だと思った自分を殴りつけたくなった。

いや、実際に聡明なのかもしれないが、やっていることはめちゃくちゃだ。これも江戸ならでは、なのだろうか。いや、沼里にもこういう娘がいるのだろうか。

「この人相書の男を知っているね」

ようやく富士太郎が本題に入った。

「ええ、存じています。甚八さんですね」

「甚八から、夜鷹をやめるようにいわれたそうだね」

「はい、いわれました」

「どうしてかな」

「甚八さんが口にしたのは、とある店に移ってくれ、というものでした。お足のほうは、夜鷹をしているよりもずっとよかったんですよ」

「でも、移らなかったんだね」

「はい、断りました」

「どうしてだい」

「自分は好きで、夜鷹という商売をしています。自分でしていることだから、やめようと思えばいつでもやめられます。その気楽さがいいんです」

「でも雇われたらそうはいかない？」

「ええ、あと戻りがきかなくなりそうな気がするんです。お嫁にも行けなくなるのでは、という気もしますし」

富士太郎が軽く咳払いをした。

「今、店といったけど、どんな店なんだろうね」

「女郎宿じゃないですか。私のような女を入れるとしたら、それ以外は考えられません」

甚八はその手の店をやろうとしていたのか、と直之進は納得した。

いや、きっともうはじめていたのだろう。金まわりのよさがその証だ。

「お理律さん」

直之進は呼びかけた。お理律が直之進を見て、少しまぶしそうにする。

「ほかに甚八に誘われた者はいないかい」

お理律は少し考えただけだ。

「ええ、います」

「その人の名と住みかを教えてくれないか」

「かまわないですけど、私が教えたって決していわないでくださいね」

「それは安心してもらってけっこうだ」

深くうなずいて、お理律は口にした。

「ありがとう」

直之進は礼を述べた。

「お侍、あたし、この先の広場に毎晩行っています。もしよかったら、寄ってください。和佳奈《わかな》、という名で出ていますから」

わかった、とだけいって直之進はお理津の長屋を出た。

「直之進さんはもてますねえ」

うしろから富士太郎がおもしろくなさそうにいう。

「まさか本当に行く気じゃないですよね」

「あの娘だったら、行ってもいいな」

「またそんなことを。——もう」

富士太郎が腕をつねってきた。

「痛い」

直之進はあわてて富士太郎から離れた。

「もう、それがしの心のほうがよっぽど痛いですよ」

直之進たちは、お理津が教えてくれたもう一人の娘に会った。

こちらもきれいだった。こうしてみると、厚化粧の下の素顔を見抜くすべに、甚八は長《た》けていたとしか思えない。

娘はお茂《しげ》といった。

「ちょっとおまえさんの夜の商売のことでやってきたんだ」

富士太郎がお茂以外の長屋の誰にもきこえないよう、低い声でいった。

お茂が警戒の色を見せる。

「もちろん、つかまえに来たわけじゃないよ。ちょっと話をききたいんだ」

安心させるようにいって、富士太郎が人相書を広げた。

「甚八さんですね」

「うん、この男のことできたいことがあるんだ」

「わかりました。でも、ここではなんですから」

お茂は長屋を出て、近くの空き地に直之進たちを連れていった。

まわりを木々に囲まれ、どこか寺か神社のような趣のある広場だ。お茂によれば、実際に寺があったが、火事で全焼し、住職も焼け死んでしまったとのことで、その後、なにも建たないのだという。

これなら寺社地といえないはずだ。富士太郎たちに咎めはあるまい。

「おまえさん、夜鷹はどうしてやっているんだい」

「おとっつあんの薬代を稼ぐためです」

お茂は悲しげに目を落とした。

「でも、もうその必要はなくなりました」

「おとっつあんの病が治ったんだね」

「いえ、もう亡くなったんです」

「そうだったのかい。すまないこと、いっちまったね」

富士太郎が謝る。

「いえ、いいんです」

「夜鷹は今も続けているのかい」

「いえ、もうやめました」

「今はなにを」

「昼間は茶店で働いています。でも、その稼ぎだけでは薬代を払えなかったものですから」

すっと顔をあげ、富士太郎を見つめる。

「夜鷹のことは誰からきいたんですか。もうあのことは消したいんです。お願いします。誰にもいわないでください」

お茂が涙ながらに懇願する。

「今、いい縁談があるんです。お店で働いていて、見初められたんです」

「よくわかっているよ。誰にもいわない」

富士太郎が力強く請け合う。それから、あらためて人相書に指を置いた。

「それで、この男のことなんだけど」

四

「甚八が女郎宿をやろうとしていたのは、もうまちがいないですね」

富士太郎が歩きながらいう。

「いや、もうはじめていたんですね」

「そういうことだな」

直之進は同意した。

「甚八は見目よい若い夜鷹を選び、自分の店に引き抜こうとしていたんだ」

「こういう店がいい、という望みみたいなものがあったんですかね。相当質の高い宿にしようとしていたのは、まずまちがいないでしょうからね」

「望みか」

　直之進は歩を進めつつ、腕組みをした。

「女郎宿などどこにでもあるからな。商売敵をだし抜こうとするなら、なにか別の色をださねばならんのは確かだろう」

「とにかく甚八さんの狙いは当たったたんですね」

　富士太郎が直之進を見つめていった。

「店は順調だったんだな。金まわりのよさは、そうでないと説明がつかぬ」

「でも直之進さん、質のよい女郎を集めただけで、そこまで繁盛するものなんですかね。質のよい女郎宿って、ほかにないんでしょうか」

「ないことはないだろうが、数は少ないのではないかな」

「でも、甚八さんは女郎宿をやったことなどなかったわけですよね。そんな素人同然の男がやって、そんなにうまくいくものなんでしょうか」

「確かにそれはいえるな」

　直之進は富士太郎を見返した。

「それに、もう一つ、俺には納得がいかないことがある」

「ほう、なんです」

「女郎宿をはじめる際の金だ。どこから出たんだろう」

「いわれてみれば、そうですねえ。米田屋さんにたかっていたような男に、まとまった金があるはずないですものねえ」

そういうことだ、と直之進はいった。

「とにかく、甚八が殺されたのは、その女郎宿の絡みなのはまちがいなかろう」

「考えられるのは、縄張を侵された者の仕業でしょうかねえ」

「かもしれん」

それにしても、と直之進は思った。甚八はどこに女郎宿をつくったのか。

「直之進さん、その女郎宿を捜しだせば、一つ前に進んだといえますね」

富士太郎が直之進の考えを読んだようにいう。

「そうだな。だが、きっと寺なんじゃないかな」

「そうすると、それがしたちには手をだしづらいですねえ」

富士太郎がむずかしそうな顔をする。うしろで珠吉も同じ表情だ。

「もちろん、寺社方に働きかけて、調べてもらうようにはしますけど」

「それだと、かなりときがかかりそうだな。ここは俺ががんばってみるよ」

「でも、寺はものすごくたくさんありますよ。直之進さん一人ではかなりむずかしいと思います」

確かにその通りだ。最初から目星をつけられれば最もいいのだが。女郎宿に詳しい者が誰かいないだろうか。

いる。格好の人物といっていい。

あの人なら、と直之進は思った。きっと的確な助言を与えてくれるにちがいない。


富士太郎、珠吉とわかれ、直之進は小川町にやってきた。

このあたりは武家屋敷だらけだ。壮観といっていい。

本来なら、怪我が治り、こうして動けるようになったのだから、いの一番に足を運ばないとならない場所だった。

直之進は沼里の上屋敷の門の前に立った。

門衛が二人いて、直之進をじっと見ている。

直之進は身分を明かし、用件を告げた。

浪人ふうの侍がいきなり、自分は沼里家中の者で、若殿の又太郎に会いたいなどというものだから、門衛は二人とも目を丸くした。

それでもすぐに手続きを取って、直之進を屋敷内に入れてくれた。

今は沼里城主の誠興《まさおき》が参勤交代でこの屋敷にいるために、屋敷では大勢の者が暮らしている。その数は二百人にはなるのではないか。誰もが皆、沼里に帰る日を指折り数えているはずだ。

それにくらべて俺は、と直之進は思った。江戸での暮らしが楽しくて、沼里に帰る気などまったくといっていいほどない。

両親はすでに亡く、一族とのつき合いもほとんどなかったから、こういうことが許されるのだ。

直之進は、玄関近くの来客用の座敷に通された。そこでしばらく待った。茶もだされた。

又太郎があらわれたのは、熱い茶をふうふう飲み終えた直後だった。

「待たせたな」

快活にいって、座敷に入ってきた。どかりとあぐらをかく。

「ふむ、だいぶいいようだな。顔色もよい」

「はっ、おかげさまにて」

直之進は一礼した。

「湯瀬も膝を崩せ」

「いえ、そういうわけにはまいりませぬ」

「そうか。無理強いはするまい」

又太郎が直之進の刀に視線を当てる。

「気に入ったか」

「むろんにございます。すばらしい出来の一振りです」

「湯瀬がそこまでいうのなら、選んだ甲斐があったというものよ」

又太郎が背筋をのばす。

「用件はなんだ、ときさたいところだが、湯瀬、まずは父上に会ってくれぬか」

「はい、喜んで」

直之進は又太郎の先導で奥に向かった。

廊下の突き当たりの手前の座敷の前で、又太郎が足をとめる。そこには宿直《とのい》の侍が二人いた。

ここまで奥に来たのは、はじめてだった。なぜかどきどきする。

又太郎と宿直とのあいだに小声でのやりとりがあり、襖があいた。

「湯瀬、まいれ」

はっ、と答えて直之進は又太郎のあとに続いた。

部屋は八畳間だった。むっとするような薬湯のにおいが立ちこめている。

行灯が薄暗く灯された部屋の中央に、一目で上等とわかる布団が敷いてあり、そこに枯木のようにやせ細った男が寝ていた。

又太郎が枕元に正座する。直之進はその横に控える形を取った。

誠興は身動き一つしない。寝ているのか、目をあいているのか、それすらもはっきりしない。

直之進は、久しぶりに誠興の顔を見た。これでまだもっているのが不思議なほど、顔色は悪い。前に顔を見たときは、とても若かった。今は五十二とは信じられないほど老けている。

誠興のまぶたがぴくぴくと痙攣した。

「又太郎か」

つぶやくような声を発する。いつ目覚めたのか、直之進にはわからなかった。

「どうした」

「湯瀬直之進を連れてまいりました」

誠興の瞳が揺れるように動き、直之進のほうを見た。

「そなたが湯瀬か」

直之進は平伏した。

「かしこまらんでもよい。もそっと近う。顔を見せてくれい」

直之進は膝行し、かすかに顔をあげた。

「いい男だの。よくぞ、又太郎を救ってくれた。礼を申す」

「いえ、それがしはなにもしておりません」

誠興が微笑したように見えた。いかにもやさしげな表情だ。

「なるほど、又太郎がいうように慎み深い男だの」

疲れたように息をつく。

「父上、大丈夫ですか」

「大丈夫よ。――湯瀬」

「はっ」

「これからも又太郎のことをよろしく頼む。頼りにしておるぞ」

「はっ、ありがたきお言葉」

直之進は再び平伏した。

「冥土に行く前に、そなたに会えてよかった」

直之進は、自分の手の甲をなにかがぽたりと濡らしたのを見た。感極まって、涙が自然に出てきたのだ。

誠興が目を閉じた。かすかな寝息がきこえてきた。

「湯瀬、まいろう」

又太郎にうながされ、直之進は座敷を出た。

長い廊下を歩く。

「父上はな、ずっとおぬしの顔を見たい、と申されていた。怪我が治ったらおぬしを招くつもりでいたが、よく来てくれた」

直之進は又太郎に案内され、又太郎の居室に入った。

「来客用の座敷より、ここのほうが落ち着くゆえな」

こざっぱりとした八畳間だ。又太郎が明るい陽射しが当たる右手の障子をあけた。

そこは庭になっており、さまざまな草木が植えられていた。あたたかみをはらんだ穏やかな風がゆったりと流れている。

「どうだ、とても眺めがよかろう」

「はい、すばらしいですね」

「この部屋ともじきおさらばだ」

名残を惜しむ口調でいい、又太郎が直之進の前にあぐらをかいた。

「よし、用件をきこう」

直之進は、ここまでやってきた経緯を残らず語った。

「そうか。米田屋の娘婿が殺されたか……」

又太郎は暗い顔になった。

「ききたいことと申すのは、新しい女郎宿で、評判になっているところに心当たりはないか、ということだな」

このあたりはさすがの聡明さだ。

「その通りでございます」

しかし、といって又太郎が苦笑する。

「まさか、あるじにそんなことをききに来る家臣がいるとはな」

「申しわけございません」

「いや、湯瀬、頼られて俺はうれしいぞ」

又太郎が真剣な顔になる。

「その甚八という者がやっているという女郎宿は、残念ながら知らん。湯瀬、なじみの女郎宿をいくつか教えよう。話をききに行くだけでは警戒されるかもしれんが、そのときは俺の名をだせ。本当は俺が一緒に行ければ一番いいのだが、今は無理だからな」

言葉を切る。

「女郎宿を当たれば、きっとなにかつかめるはずだ。新規の宿の噂というのは、同業の者には意外にはやく広まるものだ」

五

沼里の上屋敷を出たときには、すでに夕闇が江戸の町を包みこもうとしていた。

この時分ならもう帰ってきているかもしれんな、と直之進は南町奉行所に行き、富士太郎と珠吉に会おうとした。

だが、まだ二人は戻ってきていなかった。

これは一人で動くしかなさそうだな、と直之進は思った。どのみち、又太郎が教えてくれた五つの女郎宿はすべて寺のなかにあり、富士太郎たちは手だしができない。

二人がいれば、今はまだ迷路のようにしか思えない江戸の町を案内人のように導いてくれるだろうとの思いもあったのだが、道を覚えるいい機会だろう、と直之進は腹をくって奉行所を出た。

最初の女郎宿は、小日向台町の寺にあった。住んでいる小日向東古川町から、そんなに遠くない。北にせいぜい五町ばかりだ。

こんなところにもあるのか、と直之進は感心した。

かたく閉じられた山門を叩く。

「どちらさまですか」

門の向こうから声が返ってくる。

こういう場合はなんと答えればいいのだろう、と直之進は考えた。いきなり主君の名をだせばいいのだろうか。

いや、さすがにいきなりはまずいような気がした。

直之進は正直に名乗った上で続けた。

「少しお話をききたくて、まいりました」

「どんなお話でしょう」

向こうの声がわずかにかたくなる。

「こちらのご商売についてです」

「湯瀬さまと申されましたが、当山にまいられたのは、どなたかのご紹介ですか」

ここまでいわれたら仕方あるまい。

直之進は又太郎の名をだした。

「ああ、又太郎さまですか」

一転、声が明るくなった。くぐり戸がひらかれる。若い僧侶が顔をだした。

「どうぞ、お入りください」

失礼します、と直之進は境内に足を踏み入れた。

かなり広い。左手に鐘楼があり、つり下がっている鐘が影となってうっすらと見えている。敷石沿いに四つの灯された灯籠が立ち、正面の本堂をぼんやりと浮かびあがらせている。本堂の横に庫裏《くり》らしい建物があり、その奥のほうにも建物が見えた。

その建物だけ灯火が灯されているようで、かすかな明かりがいくつかの条《すじ》となって漏れている。

あれが女のいる建物だろうか、と直之進は思った。なまめかしさも明かりと一緒に漂っているような気がする。まずまちがいないだろう。

「又太郎さまのご紹介とのことですが、おなごに用があるわけではないのですか」

鐘楼のそばに導かれて、僧侶にきかれた。

「ええ、先ほども申したようにお話をききたいのです」

「どんなことでしょう」

直之進は、ここ最近、新しくできた女郎宿の噂をきかないか、たずねた。

「新しいところですか」

僧侶が首をひねる。

「さあ、拙僧はきいたことはないですねえ」

「さようですか」

しらを切っているようには見えない。知っていればきっと話してくれただろう。

「ありがとうございました。お手間を取らせました」

直之進は礼をいって、その場を離れようとした。

「もうよろしいのですか」

僧侶が意外そうにきく。

「ええ、もうけっこうです」

「湯瀬さまといわれましたが、本当にいかがです。見目のよろしいのがそろっていますよ」

いきなり商売人のような口調になった。

「いえ、それがしは本当にけっこうですから」

知らず汗が背中を流れてきた。直之進は頭を下げて、山門を出た。

最初でこんなに気疲れするのか、と暗澹とした。これは気合を入れないと、たいへんな仕事になりそうだった。

次は下戸塚村だった。

途中、琢ノ介が住みこみで働いている中西道場のある、牛込早稲田町を通った。伊豆見屋という煮売り酒屋に寄れば、門人たちと飲んでいるかもしれなかったが、今はそれだけの余裕はない。

ここも寺で、先ほどと同じような手続きが必要だった。

この寺でも、これといった手がかりは得られなかった。

まだ二つだけなのに、直之進はかなりの疲労を覚えている。この調子であと三つもの女郎宿を当たれるのだろうか、とやや不安になった。

しかし甚八の無念を晴らすためにも、やらなければならない。

直之進は、又太郎に紹介された女郎宿を一つ一つ当たっていった。

四つの寺を訪問し終えたが、新しい女郎宿について知っているところはなかった。最初の女郎宿は僧侶がやっていたが、残りの三つはやくざ者が中心になって営んでいた。

やくざ者たちも又太郎の名をだすと、頑なな態度を解いて、話をしてくれたのはありがたかったが、有益な話を耳にできないというのが、これほどの疲れを呼ぶとは思わなかった。

富士太郎どのは、と直之進は思った。こういう調べを毎日繰り返しているのだ。立派の一言だった。探索を仕事とするのは、相当にきついものであるのを、直之進は思い知った。

ここが最後か。

直之進は山門の前に立ち、そっと息をついた。これまで訪れた四つの寺よりも、いかめしい山門だ。十段ほどの階段がつき、直之進を見おろしていた。

下高田村だ。闇のなか、広々とした田畑が広がっているのがわかる。

かすかに肥のにおいが大気に混じっている。どこからか、鶏の鳴き声がきこえてきた。夜明けまでにはまだ三刻以上あるはずだが、もう目覚めたのだろうか。

よし、行くか。

鶏の声を合図に、直之進は階段に足をかけた。ここで新しい女郎宿に関して話をきけなかったら、また明日、新たに出直すことになる。

又太郎さまに本当に一緒に来ていただきたい気分だな。

直之進は階段をあがり、山門を叩いた。

最も遠い女郎宿ということも関係しているのか、又太郎の名をだすまでもなく、ここではすんなりとなかに入れた。

「こんな娘がいい、というお好みはございますか」

夜目でも脂ぎっているのがわかる僧侶に、左手に見える寮のような建物のほうに導かれながらきかれた。

「いや、それがしは客ではござらぬ」

「えっ、そうなのですか」

立ちどまり、じろじろ見てきた。

「では、どうして当山に」

直之進は又太郎の紹介でやってきたことを話し、さらに目的を語った。

「ああ、又太郎さまですか。大得意さまですね。——なるほど、新しい宿ですか」

僧侶はなにか引っかかるような顔をしている。

「そういえば、当山の住職がそのようなことを申していたような気がします。湯瀬さま、お会いになりますか」

「はい、是非とも」

「では、こちらにどうぞ」

直之進は庫裏の近くに案内された。

「しばらくここでお待ちくだされ」

庭に立つ灯籠そばの腰かけを指さす。僧侶は濡縁から庫裏のなかに姿を消した。

灯籠には火が入れられており、風が吹くたびにかすかに炎が揺れた。それが五、六回繰り返されたのち、先ほどの僧侶が腰かけのところに戻ってきた。

「お待たせしました」

僧侶の先導で直之進は庫裏にあがった。

行灯の灯された座敷に、一人の僧侶が座っていた。

「こちらが当山の住職です」

最初の僧侶が紹介し、次の間に通ずる襖をあけて出ていった。

直之進は名乗り、あらためてここにやってきた理由を告げた。

「新しい女郎宿ということでしたな」

行灯の火が揺らぎ、住職の目が月光を受けた波のようにきらめいた。

「存じてますよ」

「まことですか」

直之進は身を乗りだした。

「ええ。なんでも僧侶相手の女郎宿ができた、との噂です」

「僧侶相手ですか」

「ええ、そうです。ご同業はこの宿にもおいでになりますが、やはり僧侶というのは人目が厳しいのですよ。自分の寺に女を呼ぶ者もいますが、寺の者以外に見つかってしまうこともあります。実際に、強請《ゆすり》を受けた者もいるとききますしね」

住職が穏やかな視線を当ててきた。

「最近、こんな事件をきいたことはありませんか」

住職が語ったのは、とある寺の寺男が住職の妾を手ごめにしようとして、住職に殺されて畑に埋められてしまったという事件だった。

直之進は思いだした。

「ええ、知り合いの者から耳にしました」

ここで町方同心からきいたと口にして、警戒させるのは得策でないような気がした。

「この事件、住職の遠島が決まりました。人を殺しているのに、罪が軽いですよね。そうは思いませんか」

「はい、確かに」

そのことは富士太郎もいっていた。そういえば、裏があるのではないか、とも口にしていた。

「これは又太郎さまのご家中の方ということで、特別にお話しします。内密に願いたいのですが、よろしいですか」

「はい、承知しました」

直之進は実際、興味を惹かれている。

「実は心中だったらしいのです」

話がいきなり飛んで、直之進は戸惑った。

「殺された寺男と妾ですよ。二人はできていたのです。寺男と住職の妾。将来《さき》がないと若い二人は思ったのでしょう。それで心中に至ったのですが、妾のほうは死にきれませんでした。心中は女を殺してから男が自害するのがふつうですが、この事件の場合、女のほうが歳上だったこともあり、女が男をまず手にかけたようです」

男は紐で絞め殺されていた、と富士太郎はいっていた。着物の紐か。

「心中で生き残ったほうがどうなるか、ご存じですか」

「男は下手人《げしにん》にされるときいたことがあります」

下手人というのは、首を斬られるのは死罪と同じだが、家財や田畑を取りあげられず、死骸もためしものにされない点で、死罪より軽い刑だ。

「女も同じです。もっと軽い場合もあるようですが」

住職は静かに息を吐き、続けた。

「その住職は、妾が下手人にされるのを怖れたのです。それで、寺男をかわいそ

のです」

「そういうことだったのですか。しかし、どうしてその住職はそこまでされたのですか」

「元来がまじめなお方でした。拙僧とはまるでちがいますな。妾を持つなどということはまったく心になかったお方なのですが、人に勧められてつい……。自分の煩悩のために人が死に、さらにもう一人を殺すわけにはいかないと、自ら進んで女犯の罪を受けることになったのですよ」

そういうことだったのか、と直之進は思った。

「それがしの知り合いというのは、町方役人なのですが、このことを話してもよろしいですか」

思いきっていった。

内密に願いたいという言もあり、しばらく考えている様子だった。住職がうなずく。

「かまいませんよ。きっとそのお役人も、疑問に思っていたでしょう。湯瀬さまが話すことで、その疑問が解ければいうことはありません」

ありがとうございます、と直之進は頭を下げた。

「話を戻させていただきます。——その僧侶相手の宿ですが、どちらにあるかご存じですか」

直之進は、その宿が甚八がはじめたものであるとすでに確信している。

僧侶は金を持っている。寺は江戸に数えきれないくらいあり、僧侶の数も多い。

「申しわけない、知らないのですよ」

「そうですか。では、どちらからその話を仕入れられたのですか」

住職がにっこりと笑う。

「さすがに又太郎さまの家臣でいらっしゃいますな。頭のめぐりがよろしい」

住職は、僧侶相手の女郎宿のことを教えてくれた僧侶を紹介してくれた。

「ありがとうございました」

礼をいって、立ちあがろうとした。

「今から行かれるおつもりかな」

「はい、そのつもりです」

「今宵はおやめになったほうがいいですな。その男、夜がはやいのですよ。もうとうに寝ているはずです」

夜がはやいのなら起きるのもはやいだろう、と直之進は翌朝、日の出前に米田屋を出た。

目指す寺は、上駒込村にある。

急ぎ足で歩いて、およそ半刻ほどで着いた。昨夜の住職からきいてはいたが、確かに小さな寺だ。寺男の一人もいないのではないか。

山門はひらいていた。

直之進はゆっくりと境内に入った。

本堂の前を箒で掃いている僧侶がいた。頭はつるつるというわけではなく、髪はのびてきている。ひげもかなり濃い。そこそこ歳はいっているようだが、髪にもひげにも白髪はない。

直之進は近づき、声をかけた。名を名乗る。

「湯瀬直之進さん。唱桂《しょうけい》和尚の紹介で来たのかい。よく来たね」

快活な口調でいう。唱桂というのは、昨夜の住職の名だ。

直之進は用件を話した。

「僧侶をもっぱら相手にする女郎宿のことか。知っているよ。でもどうして、おまえさん、そんなことをききたいんだい」

そのあいだも箒を持つ手を休めない。

直之進は、話せるだけのことは話した。

「はあ、なるほど。殺されたその甚八さんというのがあの宿をはじめたのか。それは知らなかったね」

箒をとめ、見つめてきた。

「おまえさん、甚八さんの仇を討とうとしているんだ。そういうことなら、力を貸さないわけにはいかないね。——そこに座ろうか」

本堂の階段のところに住職が座りこむ。直之進は遠慮して立っていた。

「おまえさんも座りな。そんなところに立っていられたんじゃ、話しにくいよ」

失礼します、と直之進は腰をおろした。

「わしは真順《しんじゅん》という。よろしくな」

「こちらこそよろしくお願いいたします」

「礼儀正しいの、おまえさん」

真順がにんまりと笑う。

「わしには真似できんの」

口許を引き締めた。

「女郎宿の件だったの。正直、わしのところに入ってきたのは噂だけなんじゃ。どこにあるのか、詳しい場所は知らん。知っておれば、さっそくにでも行きたいのだけどなあ」

本音なのか、よくわからない住職だ。

「噂というのは、どこできかれたのです」

「つい半月ほど前かな、とある大身の旗本の三回忌があったのよ。こんな貧乏寺の住職でも、枯れ木も山のにぎわいとばかりに呼ばれて行ったとき、そんな話をきいたんだ」

「そのときのこと、詳しく話していただけますか」

「詳しくと申しても、たいした話はできんがな。とにかくその旗本屋敷には、大勢の僧侶が呼ばれたのよ。法事がつつがなく終わり、執り行われた寺の本堂で大寺の僧侶たちが輪になっていろいろ話していたんだ。むろん、わしなどその輪に呼ばれなかったが、卑しい顔を寄せ集めた生臭坊主どものひそひそ話がきこえてきたんだ」

真順はのんびりと鼻毛を抜いた。

その大きな寺の住職たちに会えれば一番いいだろうが、おそらく口はかたいのではないか。

真順が鼻毛を吹き飛ばした。

「詳しい場所はわからないといったが、だいたいの場所はわかってるよ。ききたいかい」

「はい、是非ともお願いします」

六

朝靄がまだ風に取り払われず、うっすらと村を覆っているが、視界をせばめるほどではない。

ここも広々とした村だ。のどかな田園がゆったりと広がっている。

こういう景色はいいなあ、と直之進はしみじみと思った。どこか心を落ち着かせてくれるものがある。

直之進がやってきたのは巣鴨村だ。考えてみると、甚八の死骸があがった雑司ヶ谷町とはそんなに遠くない。

村に寺はそんなに多くなかった。ただ、いずれの寺も広い境内を誇っている。

このなかのどれかに、甚八のつくりあげた女郎宿があるのだ。この宿のことを調べれば、きっと甚八の死の理由もわかるにちがいない。

「女郎宿ですかい」

最初に行き合った村人にたずねると、不思議そうな顔をした。

「この村にあるかなあ」

村人は直之進をじっと見てきた。

「お侍は、お役人ですか」

「いや、見ての通り浪人だ」

「そのようですね。申しわけないですけど、ほかの者に当たっていただけませんか」

「承知した。忙しいところ、すまなかったな」

「いえ、忙しいなんてことはないんですけどね。ああ、そうだ。この村一番の女好きがいますから、そいつにきいたらいかがです」

「その者はどこに」

「今やってくるあの男ですよ」

村人は指をさし、お辞儀をして足早に去っていった。

代わって直之進の前にあらわれたのは、さっきの村人よりかなり若い男だった。

直之進は男の足をとめ、問いをぶつけた。

「女郎宿ですかい」

「ああ、おまえさんにきけば、わかるんじゃないかってきいたものでな」

「誰がいったんです。ああ、完造《かんぞう》さんですね。あの人は誤解してるんだよなあ」

先ほどの男が去っていった方向に目を向ける。すぐに直之進に戻した。

「女郎宿ですか。お侍のおっしゃっているのは、この村ではなくて、隣の村の寺のことじゃないですかね。あっしは行ったことないですけど、噂はきいたことありますよ。確か、廃寺にそんな宿ができたようなこと、耳にしましたから」

「そうか。隣村というと？」

「新田堀之内村です。子安稲荷というお社さんがあるんですけど、その近くだって」

直之進が道をきくと、村人はていねいに教えてくれた。

直之進は村人に礼をいって、歩きだした。

目に飛びこんでくるのは緑ばかりという道をひたすら歩き、四半刻ほどで子安稲荷にやってきた。

稲荷というからこぢんまりとした境内を思い描いていたのだが、かなり広かった。

ただし、付近にも境内にも人けはまったくない。

直之進は赤い鳥居の前に立ち、あたりを見まわした。

それらしい廃寺は見当たらない。

おかしいな、と思ったものの、首をひねっていても仕方ない。歩きだした。

最初に出会った村人に、廃寺のことをきいた。

「ああ、それなら多分、遥願寺《ようがん》じゃないですかね」

「どこにある」

「行かれるんですか」

村人が見つめてくる。

「お侍は強そうだから、へいちゃらか」

村人が声をひそめる。

「最近、あの寺、怪しい噂が立っているんですよ」

「ほう、どんな噂かな」

「夜になると、大きな駕籠が出入りするようになったらしいんですよ。あっしは見たこと、ないんですけどね。いったいどんなおえらい人があんなぼろ寺に入って行くのか、村人はみんな知りたくてならないんですけど、やくざ者らしいのがたむろしていて近づくのも怖いんですよ」

「やくざ者か」

女郎宿とやくざ者。ぴったりくる組み合わせだ。

道をきいて直之進は、さっそくその廃寺に向かった。

子安稲荷から五町ほど西に行ったところだ。

ここか。

足をとめ、山門を見あげた。古ぼけた扁額がかかっているが、ほとんど崩れかけており、遥願寺と書かれているのかはっきりしない。

しかし、さっきの百姓のいった通りの場所にあるし、これだけの古さならむしろ廃寺と呼ぶにふさわしいだろう。

ただ、さすがに山門は修理が加えられたようで、扉は新しいものになっている。

がっちりと閉じられていた。夜まで誰も入れない、という強い意志を誇示しているようにも見える。

寺の前にやくざ者はたむろしていなかった。あたりは静かなもので、穏やかな風が近くの梢を揺らす音と小鳥のさえずりくらいしかきこえない。

周囲に視線を転ずると、どこかの旗本か大名の下屋敷らしい建物と、百姓家が散見できた。田畑では、百姓たちがすでに仕事に精だしていた。

直之進がいる道は誰一人として歩いておらず、濃い緑のなか、半月のようなゆるやかな弧を描いて、遠くの林の先に消えている。

直之進は寺に目を戻した。

なかに入りたいものだな。

山門につけられている五段ほどの階段に足を置く。あがろうと足に力をこめた途端、どこかから視線を感じたように思った。

なんだ、これは。

遣い手の剣気のような視線であるのに、気づいた。

その手の者がこの近くにいるのか。いるとして用心棒か。

そうかもしれない。女郎宿も賭場と同じように、いざこざは絶えないだろう。

直之進は、視線の主を捜してみようという気になったが、それだけの遣い手が居場所を知らせるわけもなく、ここは引きあげることにした。

表門で待っていると、富士太郎が出てきた。珠吉をともなっている。

「直之進さん、お待たせしました」

逢い引き相手を見つけた娘のように、内股で小走りに近づいてきた。

富士太郎どのは、と直之進は思った。だんだん仕草が女にちかづいていっているな。

富士太郎は満面の笑みだ。本当に逢い引きのような気分になっているのかもしれない。

「どうしたんです、こんなにはやく」

うきうきした口調で問う。

いわれて、直之進は考えた。米田屋を出たのは夜明け前だ。寝床を離れてからだいぶたっているが、確かにまだ八つすぎといった刻限だろう。はやいことははやい。

直之進は、昨日富士太郎たちとわかれてからの動きを克明に語った。

「ほう、そうでしたか。そんな寺を突きとめたのですか」

富士太郎がにこっと笑う。

「さすが直之進さんですね。町廻り同心になれますよ」

「いや、俺には無理だ」

直之進は本心から口にした。

「それで直之進さんはどうしたいんです」

「富士太郎さんたちにも、遥願寺を見てもらいたいんだ」

「今からですか」

直之進はかぶりを振った。

「いや、できたら夜がいいな」


時刻は四つに近い。

直之進に眠気はない。今朝、早起きした分、昼間のあいだ、米田屋でたっぷりと睡眠をとったからだ。

遥願寺の山門そばに、やくざ者がたむろしている。七、八名といったところだ。

朝来たときとは、付近の様子はかなりちがう。人の気配が濃厚に漂っている。

ただ、山門の前は提灯一つ灯されているわけでもなく、かなり暗い。やくざ者の顔も見わけがたい。

山門の向こうの境内からは、明かりが漏れてきている。灯籠が灯されているようだ。やってくる客のために、華やかな雰囲気を心がけているのかもしれない。

「かなり大がかりですね」

横で富士太郎がささやく。

「そうだな」

直之進も低い声で返した。

直之進たちが身をひそめているのは、遥願寺から十五間ほど離れた藪だ。背後で珠吉も視線をじっと注いでいる。

「もう客は入っているんですかね」

富士太郎がいう。

「どうかな。ずいぶんと静かなものだ。もし客が入っているなら、甘ったるい女の声がきこえてくるような気がするんだが」

「そんなことまで直之進さんにはわかるんですか」

富士太郎が耳を澄ます。

「それがしには、なにもきこえませんねえ」

「旦那は雑念があるからですよ」

珠吉がうしろからいった。

「なんだい、雑念て」

「湯瀬さまのすぐそばにいられるのが、うれしくてならないんでしょ。旦那、いくらなんでも近づきすぎですよ」

珠吉のいう通りで、富士太郎は体をぴったりとくっつけている。直之進としては離れたかったが、せまい藪のことで、そういうわけにもいかない。

「いいじゃないか、たまには」

富士太郎が口をとがらせる。

「こんなことはそうそうないんだからさ」

「でも、湯瀬さまがご迷惑ですよ」

富士太郎がせつなそうに見つめてくる。

「いや、そんなことはないさ」

直之進としてはほかに答えようがなかった。

「ほら、ご覧、珠吉。直之進さんがこういっているんだから、もういらない口だし、するんじゃないよ」

　直之進の気持ちがわかっているらしい珠吉は、まだなにかいいたげだった。しかし口をつぐみ、黙りこんだ。

「あれだけ大がかりなもの、甚八一人ではできなかったでしょうねえ」

　富士太郎が山門のほうを見やり、まじめな口調でいった。

「そうだろうな」

「とすると、どういうことなんですかね」

　直之進には、ある程度構図が見えているが、まだ口にするだけの確証はない。

「それは、あいつらの口からはっきりさせるしかないな」

　直之進の視線は、門前のやくざ者たちをとらえている。

　ときが流れてゆく。空は曇っており、月は見えない。静けさという潮だけが満ちてゆき、直之進たちをひたしている。

　やくざ者たちにも動きはない。誰かを待っているようにも見えた。

　不意に、犬の遠吠えがきこえてきた。一匹が鳴きはじめたら、ほかの犬も呼応しだした。五、六匹の犬が鳴きかわしている。

　それが唐突にやんだ。またも静けさがあたりを包みこんだ。静けさが深みを増したように感じられる。

直之進はふと、気配を感じた。目をやると、遠くにぽつんと明かりが見えた。あれは、と思った。灯りはかすかに揺れており、徐々に近づいてくる。

「駕籠ですね」

富士太郎も目を凝らしている。

「客でしょうか」

「おそらくな」

直之進は、門前のやくざ者たちを眺めた。動きがある。あわただしさが出てきた。連中はあの客を待っていたのだ。

提灯が近づいてきた。大きな駕籠が藪の前を通りすぎてゆく。

山門の前で駕籠がとめられる。客を迎える側でも、いくつかの提灯が灯された。

駕籠に提灯が近づけられ、その明かりでやくざ者の顔が見えた。

「あ、あいつら——」

富士太郎が目をみはっている。

「篤造一家の連中ですよ」

篤造といえば、甚八がよく行っていた賭場をひらいている一家の親分だ。この前、富士太郎と珠吉は、話をききに行ったばかりだといっていた。

山門がひらかれる。

「直之進さん、どうします」

「ここにいてくれるか。忍びこんでみる」

「大丈夫ですか」

「まかせてくれ」

直之進は富士太郎と珠吉をそこに残し、遥願寺の裏手にまわりこんだ。

こちらは闇の底に沈みきっており、人けはまったくない。あまりに暗すぎて、闇に慣れていたはずの目がほとんどきかない。明かりなしでは、どこに塀があるのかすらわからない。

さっき、提灯の灯をいくつも見たのがまずかったのかもしれない。

しばらく道にたたずみ、闇に目がなじむのを待った。このまま塀を越えても、なにもできないだろう。

よし、よかろう。

直之進はあたりの風景をとらえられるようになってきたのを見計らってから、

地面を蹴って塀に手をかけた。

暗い空に影が浮かばないよう、塀に腹這いになって乗り越える。

音がしないように地面に足を着き、あたりの気配を探ってから、静かに走りだした。

脳裏に、今朝感じた視線がある。あの視線の主がこの寺にいるかもしれない。

注意をおこたるわけにはいかない。

本堂の正面側には、やはり火の入れられた灯籠があるようだ。ぼうとした光のなか、本堂の影が立ちはだかるように見えている。

本堂の右側に、かなり大きな建物がある。学寮のようだ。

だが、今はそんなつかわれ方はしていないだろう。

直之進は足を忍ばせて、学寮らしい建物に近づいた。壁に沿うようにひざまずき、耳を澄ませた。

「俊憲《しゅんけん》さま、お待ちしておりました。どうぞ、朝までごゆっくりおすごしください」

そんな声がきこえ、数名の女の声が続いた。猫が甘えているかのようだ。

駕籠に乗っていた俊憲というのがどこの誰かは知らないが、まずまちがいなく僧侶だろう。

やはり、ここは僧侶を客として迎える女郎宿だ。

七

「寺社奉行のほうから、許しはもらえましたよ」

小声で富士太郎がいう。

「そうか。それなら、もはや心配はいらぬのだな」

「そういうことです。正々堂々とやつらを召し捕れますよ。これも直之進さんのおかげです」

「俺の手柄じゃないさ。富士太郎さんたちの力が大きい。——だが富士太郎さん、俺が捕物に加わって本当にいいのか」

「もちろんですよ。直之進さんほどの手練が加わってくれたら百人力、いや、千人力ですからね。こちらも、ちゃんと許しはもらっていますから」

富士太郎が案じ顔をする。

「でも直之進さん、大丈夫ですか。まだ本復してないんじゃないんですか」

「なに、大丈夫さ。体調が万全でないのは事実だが、なんとかなる」

「でも直之進さん、いってましたけど、すごい遣い手がいるかもしれないんですよね」

「その通りだが、いくらなんでも佐之助のような化け物ではなかろう」

「相当の遣い手であるのは、紛れもないんですよね。直之進さんがそういうくらいですから、それがしたちの手にはとても負えないんじゃないかって気がするんです。そちらのほうをお願いしたいんですよ」

「まかせておいてくれ」

胸を叩いてみせたものの、いったいどんな遣い手が待っているのだろう、と直之進は武者震いのような気持ちを覚えた。

この捕物の前に、富士太郎が篤造一家の用心棒について調べたそうだが、遣い手の用心棒は浮かんでこなかったという。

となると、どういうことなのか。

一つ考えられるのは、この寺を守るためだけにつけられた用心棒で、富士太郎たちの網にかからなかった者がいるということだろう。

直之進たちがひそんでいるのは、昨夜と同じ藪だ。

むろん直之進たちだけではなく、奉行所の捕り手三十名ほどが遥願寺を囲んでいる。ほかにも寺社奉行から、二十名ほどの応援が来ていた。

山門の前には、昨夜と同じくやくざ者がたむろしている。客以外の者が近づかないよう、目を光らせていた。

「富士太郎さん、いつはじめるんだ」

直之進はたずねた。捕物にかかる刻限としてあらかじめきかされていた四つは、もうすぎているはずだ。

とうに駕籠は着き、客もなかに入っている。今夜は昨夜とは異なり、駕籠は三つもやってきた。

「どうしたんでしょうねえ」

富士太郎も不安そうだ。

「なにかあったんですかね」

「いや、こういうのはよくあることですよ」

なんでもないことのように珠吉がいう。

「珠吉、どういうことだい」

「いや、もうはじめるつもりではいるんですよ。でも、捕物ですから死人が出るかもしれないじゃないですか。そう考えると、なかなか踏ん切りがつかないものなんですよ。それでこうして命がないまますずるずると、ときだけがたってゆくんです」

今夜の指揮をとっているのは、与力の一人だという。富士太郎の上司ではないそうだ。

「そういうものかい」

「そういうものですよ」

珠吉は六十近いときくから、これまで捕物の場数は数えきれないほど踏んできたのだろう。そういう男の言には重いものがあった。

その後、静かにときが流れていった。

不意に、どん、どん、と太鼓が打ち鳴らされた。

「合図です」

富士太郎が藪を突き破って走りだす。鉢巻をし、襷がけをしている。鎖帷子も着こんでいる。おくれまいと珠吉が富士太郎のあとに続いた。

直之進も駆けだした。

山門の前にいたやくざ者たちは、なにが起きたのかわからず、狼狽して怒鳴り声を散らしているだけだ。

門前の六、七人のやくざ者はすぐにとらえられ、縄を打たれた。

それを横目に、直之進は山門前にたどりついた。先に着いた小者らしい男が、大槌を手に山門のくぐり戸を叩きはじめた。

どーん、どーん、とすごい音が響きはじめたが、門はびくともしない。

これではいつひらくか知れたものではない。直之進は塀を乗り越えることにした。

富士太郎と珠吉を目で捜したが、どこに行ったのか見つからない。ほかの捕り手たちと一緒になってしまったようだ。

直之進は寺の横手にまわり、そこから塀を越えた。

学寮のほうから、あわただしい気配が風のように流れてきている。手入れだっ、という叫び声がきこえる。急げっ、という声が応ずる。

やくざ者たちは、客を逃がそうとしているようだ。

どこか、秘密の抜け穴みたいなものがあるのだろうか。

直之進は学寮に向かって走った。大槌の音は続いている。まだ門を破れずにいるのだ。

新しかった山門を直之進は思いだした。あれはこういうときのために、相当手を加えたにちがいない。

客が逃げようがどうしようが、直之進には関係ない。この場に乗りこんだただ一つの目的は、甚八を殺した者をとらえることだ。

それはまちがいなく、篤造一家のなかにいる。あるいは、篤造自身かもしれない。

闇のなか、一団となって境内を走る者の姿が見えた。十名近くいる。

一家の者たちに包まれるように、頭を丸めているらしい男が三人ばかりいた。

あれが客だろう。

どこに向かっているのか。

寺の裏手のほうだ。やはり、秘密の抜け穴のようなものが用意されているのか。

逃がすものか。直之進は一気に近づいた。

やくざ者の一人が、はっと直之進のほうを向いた。直之進を認めて、きらりと瞳を光らせる。

殺気に満ちた目だ。男は足をとめ、腰に差している刀を引き抜いた。

直之進は目を見ひらいた。やくざ者がよくつかう長脇差ではない。ふつうの刀だ。

男は刀を正眼に構えて、直之進を待っている。落ち着いたものだ。どうやらかなりの修羅場をくぐってきている。

そうか、と気づいた。この男こそが視線の主だ。

富士太郎たちが用心棒のことを調べてもわからないはずだ。篤造一家の身内に遣い手はいたのだから。

直之進は走りながら刀を引き抜いた。この男を倒さない限り、篤造たちをとらえることはできない。

しかし、この男を殺したくはない。直之進は刀を返した。ちゃっ、と小気味いい音が手のうちでする。

それが見えたか、やくざ者がぎりと唇を嚙んだ。目をつりあげ、ざっと土を蹴りあげるように一歩進み出る。

直之進は一間ほどをあけてとまり、剣尖を男に向けた。

なるほど、見れば見るほど遣い手だ。こんな男がやくざにいるとは、驚き以外のなにものでもない。

だが、考えてみれば、中西道場の弥五郎のような例もある。今の世は侍だけが剣を独占しているわけではない。町人ややくざ者にも、天稟《てんぴん》のある者はいくらでもいるということなのだろう。

この男は、と直之進は凝視した。まちがいなく弥五郎以上だろう。

それでも直之進には余裕がある。この男の腕では、俺には及ばない。だからこそ、峰打ちにするのだ。

直之進はすっと前に半歩だけ出た。

「あんた、遣えるな」

男がぽつりという。

「だが、俺は負けないぜ」

歯をむきだすようにして笑ってから、刀を下段に構え直した。

なんだ、この構えは。

なにを狙っているのかわからなかったが、実力の差が明白である以上、攻撃するのに躊躇はいらない。こうして対峙しているあいだにも、篤造一家は逃げてしまう。

直之進は一気に間合をつめ、刀を振りおろした。人を斬るようにできている刀だが、このあたりはさすがに又太郎が選んだだけのことはあり、峰打ちでも実にしなやかに動いた。

軽い。刀自体はこれまでつかっていたものより重いくらいだが、振ってみるとやはり大気をこすらないというのか、なめらかにすぱりと両断してゆく。

直之進は驚いた。こんなにちがうとは。よほど微妙なつり合いが取れているのだ。

男が刀で弾きあげる。直之進は胴に打ちこんだ。

男はうしろに下がることでかわした。直之進は逃がさず、袈裟斬りを見舞った。

男はかろうじて打ち返してきた。直之進の刀のはやさに瞠目している。

直之進は横に動いて、逆胴に薙いだ。男は刀で受けとめた。

直之進は男のうしろにまわりこむ動きをした。男がそれに応じようとする。

直之進はその動きの逆を取ろうとした。男があわてて直之進に向き直ろうとする。

そのときには直之進の刀は、男の胴をとらえようとしていた。

うわっ。男の口から悲鳴のような声があがった。ただし、直之進の刀は胴に届かなかった。ぎりぎりで男の刀が間に合ったのだ。

直之進は、おかしい、と感じた。なぜか、体が思うように動いていない。重いのだ。これまでなら刀は確実に胴をとらえていた。男は悶絶し、地面に倒れこんでいたはずだ。

直之進は、はっはっという声をきいた。それが自分の口から漏れているのを知り、驚愕した。息が切れはじめているのだ。

こんなのははじめてだ。思った以上に、体は快復していない。

まずいぞ、これは。こんなにたやすく息が切れてしまうなど。

これはときをかけていられんな。直之進はさらに攻勢に出た。

だが明らかに刀からはやさが落ちた。男はこのことに気づき、驚いたようだが、今こそ直之進を倒す好機であると断じたようだ。

直之進の袈裟斬りを弾きあげると同時に、胴を狙ってきた。直之進はなんとか受けとめた。

男が面に刀を落としてきた。直之進はこれも受けた。

鍔迫り合いになる。男が直之進の疲れ具合を刀越しにじっと見ている。

くそっ、万全ならこんな男、苦もなく倒せるのに。

だが、これはしくじりだった。こんな体で調子に乗って出てきた自分の。自分でまいた種なら、自分で刈り取らなければならない。

だがどうすればいい。こんなに体が重いのに。

男が、本当に直之進が動けなくなっているのを見て取ったか、腕に力をこめはじめた。刀で直之進をうしろに突き放すつもりだ。

直之進は押し返そうとしたが、腕に力が入らない。じりじりと押された。

男がやや姿勢を低くし、一気に突き放してきた。直之進は耐えきれず、うしろに飛ばされた。

すかさず刀が飛んでくる。直之進の胴を二つに断ち切ろうとしていた。

まずいっ。間に合わない、と思いつつ直之進は刀を下げた。がきん、と手応えが走り抜け、男の刀がとまった。

男が信じられないという顔をしたが、直之進のほうはもっと信じられなかった。

これは又太郎の刀のおかげといえた。これまでつかっていた刀だったら間に合わず、確実に斬られていた。

男が攻勢に出てきた。下段からの構えを取り、下から下から刀を振りあげてくる。

直之進はうしろに下がりつつ、男の刀を弾き返し続けた。

男は、直之進の足から腹あたりに狙いを定めているようだ。足に傷を負わせてしまえば、直之進の鈍い動きがさらに鈍くなると踏んでいるのだ。

この調子でもし足をやられたら、確実に命を落とすことになる。直之進は必死に防戦した。

男の刀ははやさを増してきた。めまぐるしく左右から打ちこまれる。

打ち返し、受けとめるだけならまだなんとか耐えられるが、このままではいずれ攻撃に出る力を失うのは目に見えている。

なんとかしなければ。

直之進は汗でかすみはじめた目を凝らして、男を見た。どこかに隙はないか。

ある。遣い手といっても、直之進の目にはいくらでも隙は見えた。

だが、体が動かないのだ。もどかしさだけが募る。

こんな男に俺は殺《や》られるのか。

もしこのまま男の攻撃がやまず、相手の刀を受けられるだけの力すらも失ってしまえば、自然、そうならざるを得ない。

嘘だろう。どうしてこんな程度の男に俺が殺られなければならんのだ。

怒りをかきたて、全身から力をかき集めようとするが、体は重いままだ。

腕もだるくなってきた。刀を握っているのがつらいのだ。

今では男の打ちこみがもたらす衝撃さえも、体にじんじんと響いてきている。

まるで米俵を次々にのせられているかのようだ。

これではいずれ体が動かなくなるぞ。

直之進は刀を振るい、攻勢に出ようとするが、男の刀のほうがはるかにはやく、出足を封じられている。

いや、もはや直之進に出足などない。今はただ受け続けているだけだ。

それもいつまで続くか、というところまで追いつめられている。

男の目がぎらぎらと光を帯びているのがなによりの証だ。いつ仕留めようかと狙っているのだ。

なんだ、なにがある。

直之進は獣のような勘で、男がなにかを狙っているのをさとった。

相変わらず男の刀は直之進の足と腹、腰のあたりを標的としている。直之進はうしろに下がったり、横に動いたりしてなんとかよけ続けているだけだ。

直之進は男の目をじっと見た。ぎらつきは変わらない。だが、はあはあという声が耳に届きはじめている。

これは俺の息遣いか。いやちがう。男のものだ。

男もさすがに疲れてきているのだ。そのために決めに出ようとしているにちがいない。

いったいなにを狙っているのか。直之進は見定めようとした。

いや、今の俺には見定めることなどできるはずがない。なにを狙っていようと、対処するしか生きのびるすべはない。

男の刀が、直之進の右腰近くにのびてきた。直之進は刀でなんとか払った。もし又太郎からもらったこの刀がなかったら、自分の命はもう終わっていたのではないか。そのくらい、この刀には助けられている。

男は刀を下からだし続けている。まるで刀のつかい方をこれしか知らないかのようだ。

直之進には信じがたいが、江戸という巨大な町には、こういう剣法を教える町道場があるのだろう。

不意に男の体がこれまで以上に沈みこみ、刀がさらに低くなった。

くる。直之進は直感し、どういうふうに仕掛けてくるのか、見極めようとした。

男の刀がまた下から出てくる。それが唐突に消えた。

なにっ。直之進は戸惑った。刀はどこだ。

上から風を切る音がした。顔をあげている暇はなかった。直之進の視線を下に下にと集めておいて、いきなり上段から刀を振りおろしてきたのだ。

直之進は面食らった。殺られたと思った。

だが、直之進の腕は動きをとめなかった。子供の頃からずっと続けていた稽古のたまものだ。

そして、刀が実になめらかに動いてくれた。

直之進は、がきん、と衝撃が腕に伝わったのを感じたが、それは実に心地のよいものだった。

なんてすばらしい刀だろう。そのことに感動し、同時に力がわいてきた。

動くぞ。まだ力は残っている。どこに残されていたのか。

答えはたやすく出た。

佐之助ほどの強敵なら最初から全力でぶつかるしかないが、この程度の相手なら、となめた気持ちがあり、その甘い気持ちが、こんなはずでは、という思いを誘い、さらなる疲れを呼びこんだにすぎない。

本気にさえなれば、体のなかにはいくらでも力は残っていたのだ。今の男の一撃が呼び覚ましてくれたのだ。

行くぞ。直之進はこれまでの借りをすべて返すつもりだった。

まず袈裟斬りを浴びせた。胴を見舞う。さらに逆胴を狙った。次いで胴。

男はかろうじて弾き、かわしたが、いきなり直之進が元気になったのが信じられない顔だ。どうしてだ、という戸惑いが表情にあらわれている。

直之進は容赦せず、刀を振るった。袈裟に振りおろした刀を男はなんとか打ち返したが、今や男のほうが力を失いつつあり、自身の刀の重みに耐えかねて体が前のめりになってきた。

直之進は、もう一度刀を袈裟に持っていった。男がかろうじて受けとめる。直之進は鍔迫り合いに持ちこみ、男をあっけなく突き放した。

男がふわっと体を浮かせた。直之進は胴に刀を振った。男はこれも受けとめたが、体が斜めに傾こうとしていた。

直之進は男の横に一気に出た。男は直之進の姿を見失いこそしなかったが、直之進が繰りだした袈裟斬りは見えていなかった。

びしり、と男の肩先に刀は入った。しびれるような手応えだ。

ああ、と声をあげて、男は両膝を地面についた。それでも直之進を捜し、刀を振るおうとした。

直之進は刀を一閃させ、男の刀を痛烈に打った。きん、と澄んだ音が響き、一条の光の筋が闇の幕を引き裂く。

男の手から飛んでいった刀は、右手に立つ松の大木に当たり、力なく地面に落ちた。

直之進は刀を男に突きつけた。

男は両膝をついたまま、呆然と直之進を見あげている。

そういえば、と直之進は思いだした。篤造一家はどうしたのか。

こちらに近づいてくる足音がした。御用提灯を手にしている。

「直之進さん」

富士太郎だ。提灯を手にしているのは、珠吉だ。

「ご無事でしたか」

「ああ、なんとかな」

珠吉が提灯を突きだす。

「ずいぶん汗をかかれていますね」

「かかされたんだ」

「では、苦戦したのですか」

これは富士太郎だ。両膝をついたままの男を見おろしている。

「ああ、ひどくな」

「直之進さん、やっぱり体がまだ本調子ではなかったんじゃないですか」

「それは関係ない」

直之進はきっぱりといった。理由ははっきりしている。油断だ。

「今夜のことを反省して、また腕に磨きをかけるよ」

こんなざまでは、すぐに佐之助にやられてしまうだろう。

富士太郎が男に目をやる。

「こいつも篤造一家の者ですね。——珠吉、縄を打ちな」

へい、と答えて珠吉が手際よく男を縄で縛りあげる。

「一家のほかの者はどうした。篤造はとらえたのか」

「ええ、とらえましたよ。全員です。客の坊さんも一緒です」

「秘密の抜け穴みたいなものはあったのか」

「抜け穴といえば抜け穴ですかね。土塀の一部が門のようにひらく仕掛けになっていたんです。でもひらくのに手間取ったのと、門がせまいせいで抜けるのにときがかかったんで、一網打尽ですよ」

「そうか、それはなによりだった」

富士太郎がにっこりと笑う。

「直之進さんのおかげです。直之進さんを苦戦させる遣い手が、もしそれがしたちの相手だったら、と思うとぞっとしますもの」

八

僧侶専用の女郎宿というのは、甚八の発案だった。

甚八は、博打で賭場に出入りしているうち、女を抱きたいが、なかなかうまくいかない僧が多くいるのを知った。

これはうまくやれば金になるのではないか。

むずかしいのは、場所と女の確保だった。

甚八は、まず場所をなんとかすることからはじめた。

いろいろ捜し、新田堀之内村にある一つの廃寺に目をつけた。

遥願寺なら、あまり人目につかないのでは、という気がした。

次は女だった。どうすればいいか。

いい女を集めてたくさん置きさえすれば、評判が評判を呼んで、きっと繁盛するにちがいない。

だが、どうすればそんないい女を集められるか。

甚八は頭をひねった。おあきのような女を置ければ一番いいのだろうが、さすがにそこまではできない。

そうか、と気づいた。夜鷹にもいい女はいるだろう。しかも夜鷹の値は安い。

二十四文か、高くて三十六文程度でしかない。

いい条件をいえば、夜鷹から引き抜けるにちがいない。

目のつけどころはよかったと思うが、残念なことに、甚八は先立つものがなかった。

舅である光右衛門に話を持ちかける気も起きかけたが、どう考えても女郎宿などに金をだしてくれるはずがない。

そこでかなり悩んだ末、これまでさんざん通っていた賭場の親分である篤造に相談したのだ。

篤造は話をきいて、目を輝かせた。一発で金のにおいを嗅ぎわけたのだ。

「甚八、いいところに目をつけたな。わしが力を貸すぜ」

篤造に相談するのは甚八としては、諸刃の剣のような感じがあった。金は引きだせるだろうが、母屋まで取られてしまうのでは、という怖れだった。

とにかく甚八は、篤造から預かった金で遥願寺を借り、かなりの手を入れた上で、夜鷹から引き抜いたきれいで若い五名の女を置いた。

篤造を通じて噂を流させると、ときを置くことなく客は飛びついてきた。甚八の目論見通りだった。

客の寺へ駕籠を差し向け、遥願寺に案内する。

客は五人のうちから好みの女を選ぶことができる。もちろん一人だけでもいいし、二人同時に抱くこともできる。五人全員でもかまわない。

料金次第だった。宿がひらいているのは夜だけだが、金次第では一日、貸し切りもできるようにした。

予期した以上に宿は繁盛し、甚八としては女をもっと増やしたかった。夜鷹のいるところをめぐっては、女を物色していた。これがつい最近のことだった。

篤造一家とは、最初の取り決め通り、利を半々にしていた。これについては甚八にはなんの不満もなかった。

だが、ついこのあいだ、篤造が一対九にすると甚八に宣したのだ。

あまりのうまみに、篤造は甚八のような半端者と折半にしている自分が馬鹿に見えてきた。

このまま乗っ取ってしまえば、すむことじゃねえか。

甚八は提示された条件をのむことなどできず、それなら別のところでやろう、と心に決めた。篤造とは決別することを告げた。

その甚八の考えを篤造は読み取った。別のところでやられては、うまみがなくなる。こういうのは独占しているからこそ、利が莫大なものになるのだ。

始末しな。篤造は子分に命じ、一人夜鷹を物色していた甚八を水死に見せかけて殺したのだ。

「すべてはこういうことです」

きっちりと正座した富士太郎が話し終えた。ふう、と息をつく。

「よくわかったよ」

直之進は深くうなずいた。

光右衛門は悲しそうな顔をしている。甚八が金の工面をしようとしたとき、もし自分に相談してきていたら甚八は死なずにすんだ、と考えているのだ。

これまで甚八を厄介者扱いしてきたことを悔いてもいるのだろう。もう少し心をひらいていたら、甚八も光右衛門を頼りやすく、ちがう結果になったかもしれない。

しかし、これは結果を見ていっているにすぎない。人には将来を予見する力などない。光右衛門に罪はない。

米田屋の一室には直之進と富士太郎、光右衛門のほかに、珠吉、おきく、おれんがいる。おあきと祥吉は大塚仲町の家だ。

琢ノ介も光右衛門が呼んだが、稽古を抜けられないとのことだった。そのうち話をきかせてもらいに寄るよ、といっていたらしい。

部屋のなかは、誰もが口のきき方を忘れたかのように静かになった。

「篤造一家はどうなった」

直之進は沈黙を破ってたずねた。

「篤造や一家の主だった者、そして甚八さん殺しに関わった者は獄門が決まりました。あとの者は全員、遠島ですよ」

「つかまった僧侶は？」

「同じく遠島です」

そうか、と直之進は顎を引いた。

「米田屋」

まだしょげている光右衛門に声をかける。

「つまりはそういうことだ。悪口をいいたくはないが、甚八さんのしたことは決していいことではなかった。金を用立ててやらずによかったということだ」

「いえ、それだけじゃないんですよ」

光右衛門が力なげに首を振る。

「やはり一刻もはやく、甚八をこの店に迎えるべきだったんです。女郎宿で金儲けというのはよくない考えだったんでしょうが、女に不自由している僧侶を相手にするという思いつき自体は、とてもよかったと思うのです。きっと仕事をまかせれば、相当できたはずなんですよ」

光右衛門が悔しげに面を伏せる。

「手前が躊躇さえしなければ、甚八は死ななくてすんだんです」

九

甚八の遺骸は、大塚仲町の寺に葬られている。

この寺には、甚八の一家も葬られているとのことだ。一緒なら、そんなに寂しくはないだろう。

甚八の墓前に立ち、直之進はすべての顚末を報告した。仇を討ったことも告げた。

成仏してくれ。直之進は手を合わせて祈った。

最愛の妻子をこの世に残して死んだ以上、無念の思いがないはずがなく、仇を討った程度で成仏できるか疑問だったが、今の直之進にはこれくらいしかいえることはない。

しばらく手を合わせてから、その場を離れた。人けのない墓地を進む。さっき火をつけたばかりの線香の煙が風に流され、体を包みこむ。

閼伽桶《あかおけ》と柄杓を寺男に返し、寺の外に出た。

すっかり春のような輝きを放っている太陽に照らされて、道を歩いた。

おあきは祥吉とともに米田屋に帰ってくることが決まった。あの広い家で親子二人で暮らすより、米田屋ですごしたほうが悲しみが薄れるのではないか。光右衛門たちも、気が紛れていいだろう。

直之進は小日向東古川町に戻ってきた。

ああ、春のにおいがするな、と思った。それは、どうやらゆったりと吹き渡る風がもたらしているようだ。あたたかさだけではない、なにか春の気配というべきものをはらんでいる。

その風に静かに揺れている米田屋の暖簾を払う。

「いらっしゃいま――」

元気よくいったおきくの声がとまる。

「湯瀬さま、お帰りなさい」

「ああ、ただいま」

とはいったものの、いつまでもここに世話になっているわけにはいかない。おあきたちがやってくるならなおさらだ。

直之進はなかに入り、これまですごしてきた部屋から裏庭におりた。

刀を引き抜く。正眼に構えた。

せまい庭に、あたたかな風がそっと入りこんでくる。直之進はその風を切り裂くように、一心不乱に稽古をした。

あの程度の男に苦戦したのがこたえている。急な息切れも、やはりほとんど体を動かしていなかったせいだろう。

あんな目にはもう遭いたくない。

気づくと、日暮れが近くなっていた。風はいつしかやんでいた。

「熱心だな」

声のほうを見ると、琢ノ介が濡縁に立っていた。

「来たのか」

「ああ、米田屋が酒を飲ませてくれるというんだから、呼ばれぬわけにはいくまい。それにしてもいい刀だ。又太郎さまからいただいたそうだな」

「ああ」

「わしにくれ」

「おぬしにはちともったいないな」

琢ノ介が頭をかく。

「相変わらずはっきりいってくれるな」

「琢ノ介、事件のことはきいたか」

「ああ。富士太郎が今日、わざわざ道場に寄ってくれた。――直之進、おぬし、だいぶ苦労したようだな」

「それもきいたのか。――ああ、さんざんだった」

「だが、おぬしならすぐに調子を取り戻せるさ。わしが太鼓判を押す」

直之進は笑った。

「おぬしの太鼓判でうまくいくのなら、苦労はないなあ」

居間で酒盛りになった。

楽しかったが、おきくとおれんが用意してくれた駿河の酒である杉泉も底を突き、そこで宴はおひらきになった。

「米田屋、いうことがある」

直之進が杯を置いていうと、光右衛門は覚悟を決めたような顔になった。おきく、おれんも同じだ。

「俺は今夜、ここを出ようと思っている。本当に長いあいだ世話になった。感謝の言葉もない」

「湯瀬さま、考え直すわけにはいかないんですか」

光右衛門が懇願する。

「もう少しいらしてください」

「いや、もうすっかり元気になった。これ以上、おぬしたちに甘えるわけにはいかん」

「いえ、もっと甘えてくださってけっこうですよ。娘たちもそれを望んでいますから」

おきく、おれんの二人は泣きそうな顔だ。

直之進は無理に笑みを浮かべた。

「別に江戸を離れるわけではない。目と鼻の先の長屋に戻るだけだ。これが今生《こんじよう》のわかれでもなし、明るくいこうではないか」

直之進自身、もっと一緒にいたい。

「直之進、なにも好き好んで一人暮らしに戻らずともいいではないか」

琢ノ介が強い口調でいった。

直之進はただ首を振った。やはり、いつまでも甘えてはいられない。

ここは居心地がよすぎるのだ。まだ佐之助も残っている。一人厳しい鍛錬をしなければならない。

あまりおそくならないうちに直之進は米田屋を出ることにした。

「琢ノ介はどうする。一緒に帰るか」

「いや、わしはもう少しいる。酒はなくなったが、まだ食い物はある。おきくとおれんの顔を見るのも久しぶりだしな」

「そんなに会ってなかったか」

「いや、そうでもないが、間近で見るのは久しぶりだ」

直之進は四人の見送りを受けて、外に出た。刻限は五つくらいか。道には人通りがあり、多くの提灯が行きかっている。

直之進も提灯を掲げ、一人歩きだした。

あと半町ほどで長屋の木戸、というとき、前から一つの提灯が近づいてきた。

むっ。直之進はその明かりに殺気を感じ、足をとめた。

二間ほどをへだてて、向こうも立ちどまっている。

直之進をじっと見ているのは佐之助だった。

「ご活躍だったそうだな」

「相変わらず早耳だな」

「それくらいしか取り柄がなくてな」

直之進は佐之助の腰に視線を当てた。刀を帯びている。

「やる気か」

「いや」

口をゆがめて笑う。

「残念ながら、まだ体が戻っておらんのでな。きさまを殺すのはそれからだ」

佐之助が一歩踏みだし、瞳に力をこめてにらみつけてきた。

「きさまを、一刻もはやく殺さなくてはならん理由ができた」

宣するようにいう。

「理由だと？」

直之進は腰を落とし、刀に手をかけた。

「まだだといったろう」

佐之助はあっという間に、深い闇の向こうに姿を消した。

直之進に追う気はない。

ふう、と息をついた。どうもあの男がそばにいると、力が入る。

とんとんと肩を叩いた。

理由か、と直之進は歩きだして思った。

佐之助にあそこまでいわせることといえば、千勢のこと以外考えられない。

やつは、千勢に振り向いてもらえていないということか。

その理由が俺にあると思っているのだ。俺をこの世から消せば、千勢は自分のものになると考えているのだ。

果たしてそうなのだろうか。

千勢はもし俺が死んだら、あの男のものになるのだろうか。

いや、と直之進は思った。きっと佐之助の勝手な思いこみだろう。千勢はそんな女ではない。

直之進としてはそう思いたかったが、だが、という思いも捨てきれない。

直之進は、袋小路に入りこんでしまったような気分においった。

提灯を吹き消す。闇の渦が一気に満ちる。

直之進は眼前をにらみつけた。そこに佐之助の顔を思い浮かべる。

来るなら来い。返り討ちにしてやる。

この作品は双葉文庫のために書き下ろされました。

双葉文庫

す-08-05

口入屋用心棒《くちいれやようじんぼう》
春風《はるかぜ》の太刀《たち》

2006年 8月20日 第1刷発行
2008年11月28日 第9刷発行

【著者】
鈴木英治《すずきえいじ》
【発行者】
赤坂了生
【発行所】
株式会社双葉社
〒162-8540 東京都新宿区東五軒町3番28号
[電話]03-5261-4818(営業) 03-5261-4833(編集)
[振替]00180-6-117299
http://www.futabasha.co.jp/
(双葉社の書籍・コミックが買えます)
【印刷所】
慶昌堂印刷株式会社
【製本所】
株式会社ダイワビーツー

【表紙・扉絵】南伸坊
【フォーマット・デザイン】日下潤一
【フォーマットデジタル印字】飯塚隆士

ISBN4-575-66251-8 C0193